ベリーズ文庫

交際0日婚でクールな外交官の独占欲が露わになって――激愛にはもう抗えない

朝永ゆうり

JN167623

スターツ出版株式会社

目次

特別書き下ろし番外編

交際０日婚でクールな外交官の
独占欲が露わになって
――激愛にはもう抗えない

プロローグ　緊急事態、唐突な再会

爽やかな秋の空気が、電車が去り際に巻き起こした風に乗ってホーム上を走り、後ろでひとつにくくった私の髪を揺らした。

私、咲多映茉《さくたえま》は大川《おおかわ》電鉄の基幹駅である朝明台《あさけだい》駅の主任駅員だ。今日も駅員の制服、制帽に身を包み、安全で確実な鉄道の運行ができるよう業務に励む。

朝明台駅は都心のターミナル駅から急行で一駅の場所にあり、近くには車両基地も備えている。地下鉄への乗り入れをしていることもあり、朝夕は通勤通学客で常にごったがえしているが、昼間の今は、平日ということも相まって、ホーム上は落ち着いている。

二番線側のホームに立ち電車を見送った私は、線路上に、信号に、ホームに異常がないか指さし確認した。

「異常なし」

ほっと息をつき、駅員室へ戻ろうとした。――のだけれど。

「ママ〜！」

三、四歳くらいの男の子が、ホームの中央で泣いていた。
私は周囲を見回した。しかし、乗客の多くないこの時間、ホーム上にいるのはスーツ姿の男性と大学生くらいの少年たちだけだ。私は慌てて男の子のもとに駆け寄り、しゃがんで目線を合わせた。

「こんにちは。ママを捜してるの？」

駅員姿の私が目に入ると、男の子は一瞬きょとんとして、目元をごしごし手でこすり、それからこくんと頷いた。

「大丈夫だよ、ママも君を捜してるはずだから。一緒に捜そう？」

そう言って、男の子の手を取り歩き始めた矢先だった。ふらふらとしながら、ホーム上を歩く人の姿が目に映る。

あの人、大丈夫かな。体調不良？

そちらに気を取られていると、小さな手が私の手をきゅっと握った。今は、この子の親を捜さないといけない。

しかし、そう思った次の瞬間。突然、ホーム上をふらふら歩いていた影が横に傾き、見えなくなった。

線路内落下!?　どうしよう！

つながれた手の先では、「ママ……」と男の子がまだ泣いている。だけど、次の電車はあのホームに入ってくる。

「まもなく、二番線に電車が参ります。黄色い点字ブロックの内側まで――」

ホームアナウンスが流れる。ホームに電車が近づくと、自動で流れる仕様なのだ。つまり、電車が見えるまで、あと三十秒ほどしかない。

どうする？　いや、考えるよりも動いた方が早い。まずは電車を止めなきゃ！

「ちょっと走るから、しっかり掴《つか》まっててね！」

慌てて男の子を抱き上げた私は、その子が私の首にしっかりと抱きついたのを確認し電車の非常停止ボタンまで走った。しかし、男の子をかかえて走るのは大変だ。

私の足、もっと早く動いて！

そんな焦る私を追い越し走る、スーツをまとった長身の男性がいた。彼は私の目線の先にあった、非常停止ボタンをためらいなく押す。駅中に、ブザーのようなビープ音が響いた。

次の瞬間、ボタンを押した彼がこちらを振り向く。目が合った。

切れ長の目元にすっと通った鼻筋。その整った顔になんとなく見覚えがあったが、それが誰かを思い出す前に、彼は手に持っていた黒革のビジネスバックを私にぐいっと押しつけた。

「これを頼めるか」

私が鞄を受け取ると、彼はすぐにホームの端まで走っていく。

「あの、ちょっと！」

声をかける間もなく、彼はホームの先端で二番線に入ってくる電車に大きく両腕を振った。

キィィとブレーキ音を響かせながら、電車は二番線ホームに運転席が差しかかったところで停止した。すると彼は身軽に線路に飛び下りて、転落した急病人のいる場所へと向かう。はっとした私は男の子を抱っこしたまま、できるだけ急いでそちらに向かった。

ホームから線路内を覗《のぞ》き込むと、彼は線路に膝をつき、落ち着いた様子で急病人に呼びかけていた。見た目にも高級そうなスーツが汚れることもいとわず冷静に動く彼は、見ているだけで頼もしい。

「意識不明、呼びかけ応答なし。呼吸と脈はある」

「はい！」

彼に見上げられ、慌てて返事をした。すると、駅長が慌てた様子でやって来る。状況説明をしていると、突然男の子が「ママー！」と叫び、私の腕から下りようともがきだした。振り返った先では、女性が男の子の名を呼びながらこちらに駆けてきている。男の子を下ろしてやると、すぐに女性のもとへ走っていった。

「ありがとうございます、すみませんでした」

「いえ、お子さんの手を離さないであげてくださいね」

しっかりと手をつなぎ、背を向け歩いていく親子を見送ると、私はもう一方の現場に走った。先ほどの男性のほか、駅長も線路内に下りている。

「咲多さん、運転士と連携とって。可能なら後進して階段開けて」

電車の方を向く。あの停止位置だと、ホームの端に設置された線路に下りる非常階段が使えない。電車が少し後進してくれれば、急病人を階段から運び上げられそうだ。

「了解しました！」

私は急いで停車したままの電車に向かって走る。その運転士が見知った顔で、思わず叫んだ。

「志前《しぜん》君！」

志前旭飛《あさひ》。私と同期入社の、仲のいい運転士だ。

「咲多！　落下か？」

「そう！　あの階段から急病人運び上げたいんだけど、少し後進できる？」

私は二番線のホームの端にある階段を指さした。

「待ってろ」

私の指の先を確認した志前君は、真剣な顔をして、手に持っていた列車無線の受話器に向かってなにか言う。非常停止ボタンのおかげで、周りに入線してくる車両もない。

志前君はこちらにグッドサインを送ると、そのまま電車を動かし始めた。電車がゆっくりと後進したのを確認し、慌てて急病人の方へとホームを駆ける。

「向こうの階段、使えます！」

ホーム端の階段を指さし、線路にいる駅長に向かって叫ぶ。すると駅長はすぐに、さっと急病人の脇の下に手を入れた。

「君、そっち頼めるか？」

「はい」

最初に救護に下りていた男性が急病人の足元をしっかりと持ち上げ、駅長とふたりでホームの端の階段へと運ぶ。途中で運転席から降りてきた志前君も手伝って、どうにか急病人をホームに上げることができた。

ちょうどその時、改札階からホームへと階段を駆け下りてくる救急隊が見えた。

「こっちです！」

救急隊に向かって叫び、大きく手を上げる。救急隊員が頷《うなず》いたのが見えて、私はほっと胸を撫《な》で下ろした。

「俺、戻るよ」

志前君は背後から私の肩に手を置く。

「うん、ありがとう」

志前君が運転席に戻っていくと同時に、駆けつけた救急隊が、急病人を担架に乗せる。初めに救護に向かってくれた男性となにかを話し、そのまま救急隊は担架を運んでいった。

「ありがとうございました！」

救急隊が去っていき、駅長が入線許可を出している間。私は、共に救護をしてくれた男性に頭を下げていた。

たった十数分の出来事。けれど、とても長く感じた。私ひとりでは助けられなかった命を、彼が助けてくれた。

「いや、このくらい。それより、鞄。どうもありがとう」

「あっ！」

私は慌てて、手にしていた鞄を彼に手渡した。

「あの、お礼をさせていただきたく――」

「悪いが、この電車に乗るから」

彼は二番線に入ってきた、志前君の運転する電車を指さす。電車のドアがちょうど開き、乗り降りする人の姿が目に入った。

「では、連絡先をお伺い――」

言いかけた私に、彼は胸ポケットから名刺を取り出した。私がそれを受け取ると、彼はくるりと身をひるがえす。

「じゃあ」

彼は顔だけ振り返り、片手を上げて電車に乗り込んでゆく。爽やかな風がホームを駆け抜け、くくっている後ろ髪が私の頬にかかる。それと同時に、発車ベルが鳴った。

慌てていつもの定位置の方を向くと、駅長がそこに立ち車掌に合図を送っている。

しばらくして、乗車ドアは閉まっていった。

「次はよろしく」

駅長は動きだした電車を見送り、駅員室へ戻っていく。私は、ふう、と息を吐き、気持ちを落ち着けてから、先ほどもらった名刺に目を移した。

金箔に押された桐のマークに、【外務省】の文字。在ドイツ日本国大使館二等書記官という肩書の彼は――。

「嘘……、持月《もちづき》さん、だったの?」

【持月祐駕《ゆうが》】

十数年ぶりに見るその名前は、私の高校時代の憧れの先輩と同じものだった。

1　交際0日、結婚します

「お疲れさまです」

午後四時前。朝明台駅の駅員室に、運転士の志前君が入ってきた。彼は白い手袋をした手で制帽を取る。短く整えられた前髪の下の、彼のきりっとした瞳が、柔らかくこちらを捉えた。

「咲多も終わりだろ？」

「まだ」

デスク業務中の私は、パソコンの画面に視線を戻し、志前君に返事をした。

運転士は、その日乗務していた電車が最後の駅に到着した時間が退勤時間になる。つまり、彼はもう退勤しているということだ。

一方の私は駅員。終業時間の四時まであと三分はあるし、デスク業務にはまだ時間がかかりそうだ。

「待たなくていいよ、先に帰りなよ」

「いや、せっかく寄ったから待つ」

同期入社で仲のいい志前君は、運転士と駅員という立場の違いはあれど、退勤時間が近い時はいつも、こうして私を待っていてくれる。

運転士や乗務員の宿舎は、この朝明台駅の駅舎の隣にあり、運転士や乗務員は、着替えや準備をそこでおこなう。朝明台駅周辺の駅員も、その宿舎にそれぞれロッカーを持っており、出退勤はそこでおこなうことになっているのだ。

「今日はお疲れ。急病人だったんだろ？　なのに十分の遅れで済んだの、本当すげえや」

志前君が背後から声をかけてきて、昼間の救護活動のことを言っているのだと、すぐに理解した。私は振り返らず、業務を続けながら話を続けた。

「あれは私じゃなくて、助けてくれた彼のおかげだよ。私は迷子対応中でさ」

「あの長身の、やたら高そうなスーツの男性な」

「うん」

「でも、咲多のことだから迷子対応しながら走ってたんじゃねーの？」

「う……その通りです」

「だから、お疲れ」

子供を抱きかかえたまま走ったら危ない。そう言われると思ったけれど、志前君は私の肩に、労わるようにぽんと軽く手を置いた。

「そういうとこ、本当咲多らしい」

「そうかな？」

「そうだよ」

にかっと笑いながら、志前君は私の隣、空いていたデスク椅子に腰かけた。

「最初の年だったか？　車掌選考試験受けに行く途中で拾った落とし物の落とし主追いかけて、遅刻して、試験受けられなかったの」

「そうでございますが？」

私はため息とちょっとの皮肉を込めて、わざと丁寧に答えた。運転士になりたかった私が、運転士になれず今もなお駅員として働いているのは、度重なる不運のせいなのだ。

運転士になるには、車掌を経験しなければならない。車掌になる選考試験は、駅員として数年働くと受けられるのだが、私はその試験を受けに行くのを毎年阻まれ続けてきた。

「その次の年は、おばあちゃんに話しかけられたんだっけ？　いつも駅を利用してるおばあちゃんの世間話、断れなくてってやつ」

「それは次の次の年。二回目は、急病人の対応してたの。目の前で急にしゃがみ込んだ女性がいてさ」

「そうだったな。で、その次の年は――」

「外国人観光客に道聞かれて遅刻」

「そんで、去年があれか」

「うん、そう、あれだよ……」

私はため息をこぼした。車掌選考試験を受けるのは、もとい、運転士になるのは、去年でもう諦めたのだ。

「俺は、咲多は運転士になる素質あると思うけど」

志前君はこちらに哀れみの視線を向ける。

「もういいの。今は、駅員であることが私の誇りだから。ほら、今年度からは主任だし！　出世したし！」

私は今年の春、出世した。駅長が駅のトップだとすると、主任駅員は二番目。都心へのアクセスがよく、住宅地の中に位置している朝明台駅は、大川電鉄の中では都心と郊外それぞれにあるターミナル駅に続き、三番目に利用客の多い駅である。その駅の、主任駅員になったのだ。

しかし、慌てて作った笑顔は、あまりうまくなかったかもしれない。だから、軽口のつもりで唇を尖《とが》らせてみた。

「っていうかそれ、ストレートで運転士になったエリートの志前君に言われたくない」

定時を過ぎて、パソコンの電源を落としながら冗談交じりに伝えると、志前君は「悪かった」とこぼした。

彼は私が落とし物を落とし主に届けている間に受けた車掌選考試験に一発合格。その二年後には運転士候補に推薦され、研修も試験も一発通過で運転士になった。運転士歴はもう三年半。もうすぐ特急の運転士に推薦されるんじゃないか、そうしたら大川電鉄最年少だ、なんて、社内でまことしやかにささやかれている。

「嘘、冗談。志前君はすごいよ、かっこいい」

「なんだよ、それ。適当に褒めるな」

そんな軽口をたたき合いながらふたりで席を立った時、駅員室内の電話が鳴った。ちょうど駅員室に戻ってきた駅長がこちらに軽く手を上げ、受話器を取ってくれる。

私は駅長に一礼して、そのまま駅員室を出ようとした。

「咲多は在席しております。少々お待ちください」

しかし、駅長の口からそう聞こえて、足が止まった。

「持月様から電話だ。出られる？」

駅長の口から飛び出した彼の名に、ドキリとした。

朝の救護活動の後、私は持月さんにもらった名刺に書かれていた携帯の電話番号に連絡した。しかし不在で通じなかったため、お礼がしたいこと、のちほど改めて電話することを留守電に残していた。だけどまさか、わざわざ電話をしてきてくれるなんて思わなかった。

「はい！」

私は慌てて駅長から受話器を受け取った。

「お電話代わりました、咲多です。本日はどうもありがとうございました」

言いながら、ついぺこりと頭を下げる。

『久しぶりに会って驚いたよ、咲多さん』

「え……」

持月さんの言葉に、驚き言葉を失った。『久しぶり』ということは、彼も私を覚えているということだ。

「私のこと、覚えてらっしゃるんですか？」

恐る恐る尋ねてみる。

『ああ。同じ高校だったよな。県立音海《おとみ》総合高校』

懐かしい高校名が彼の声で紡がれて、やはりあの持月さんなのだと確信する。すると、勝手に胸の鼓動が加速した。

『あれ、違ったか？』

私が黙ってしまったからか、電話の向こうからそう聞こえた。

「いえ、違わないです！　音海総合十五期の、咲多映茉です」

慌てて答えると、電話の向こうでクスクスと笑い声が聞こえた。どうやら動揺が伝わってしまったらしい。羞恥に襲われ、顔が熱い。私はうつむいて頬に手を当てながら、本題を切り出した。

「あの、実はですね。朝の救護活動のお礼に、大川電鉄から持月さんに感謝状を贈りたくて。お手渡ししたいので、都合のいい日を教えてもらえませんか？」

『だったら、持ってきてもらえるか？』

「はい？」

流れるように言われて、思わず聞き返してしまった。

『ああ、悪い。俺、今は研修で日本にいるんだが、あと一週間ほどでドイツに戻るんだ。そちらに合わせる時間が取れない可能性が高くて』

なるほど持月さんは、今はたまたま日本にいるだけで、しかもその間も忙しいらしい。名刺にも【在ドイツ】とあったから、向こうに住んでいるのだと見当がつく。

『食事を取りながらでもどうだ？　よかったら、今夜』

「え、今夜ですか⁉」

『ああ。都合が悪いだろうか？』

急展開に驚いた私の反応を、持月さんは違う意味に受け取ってしまったらしい。私は慌てて口を開いた。

「いえ、今日はもう仕事も終わったので大丈夫です」

『よかった』

私の返事を聞いた持月さんは、そう小さく漏らした。

『レストランはこちらで手配する。時間は……午後八時でどうだろう？』

「平気です」

私がそう言うと、持月さんはメッセージアプリのＩＤを教えてくれた。慌ててメモを取る。

「連絡しますね」

『ああ』

彼はそう言うと、電話を切った。

「今夜、誰かと会うのか？」

背後にいた志前君に問われ、振り向いた。なぜか、眉間に皺《しわ》を寄せている。

「うん。今日、急病人の救護手伝ってくれた人」

「咲多さんの、高校の先輩だったんだって。すごい偶然だよね」

駅長の言葉にこくりと頷く。すると、駅長は私にＡ３サイズのクリアファイルを差し出してきた。中には、〝感謝状〟が入っている。

「頼んだよ、咲多さん」

「はい、しかとお手渡しさせていただきます」

受け取ると、なぜか志前君が「ふうん」と唇を尖らせた。

それから、忘れないうちにと私は鞄からスマホを取り出した。持月さんのメッセージアプリのＩＤを登録しなくてはいけない。画面を開くと、母からのメッセージが入っていることに気がついた。

【お見合い、今度の土曜日だから。一応、連絡ね】

その短い文章を読んで、思わず身震いした。お見合いをすること自体は別にかまわない。母にはいつ結婚するのかと聞かれる毎日だし、私自身ももう三十手前で焦っている。申し分ない相手なら、なんら問題はない。だけど、相手が申し分ありすぎるのだ。

相手の名前は、三浦和巳《みうらかずみ》。以前、友人の結婚式に出席した際に知り合った男性だ。ぽってりとした肉付きの彼は、マッシュルームカットの前髪の下に隠れている、糸のような細い目が印象的だった。

声をかけられた時に舐《な》め回すような視線を向けられ、それだけで胸のあたりがぞわぞわした。しかも、話の内容は『君、かわいいね』『恋人はいないって聞こえたよ』とセクハラまがいの内容から、『僕のママは君みたいな人をきっと気に入ってくれる』『ママに写真送っていい?』と、マザコンとれる発言ばかり。

なにかを言って友人の結婚式を台無しにしたくはなくて、その時は必死に取り繕い、震えを押さえて相槌《あいづち》を打った。今でも思い出すだけで鳥肌が立つ男性だ。

三浦とお見合いをすることになったのは、彼が私の母の勤める会社の、社長の息子だったからである。私の母が三浦の会社のパート社員だと知られた上、母が職場で『うちの娘もそろそろ結婚しないかしら』とぼやいていたのも聞かれてしまったらしい。

母はパートという立場ではあるが、老後のことを考えるとまだ仕事を辞めるわけにはいかないし、かといって再就職も厳しい年齢だ。『娘さんに相手がいないのなら』と押しきられ、それでもなんとか日程を先延ばしにしてきたが、ついに今週の土曜日にお見合いをすることになってしまった。

もちろん、お見合いをしてしまったら、私はますます逃げられない。だけど、父を亡くし今実家にひとりぼっちでいる母のことを思うと、私はこのお見合いを断るわけにはいかない。

恋人がいればよかったのに。そう思っていると、志前君が私の顔をじっと見ていることに気がついた。

「どうした？　フリーズしてるぞ」

彼のその声に、私は志前君の顔を見返した。きりっとした彼の瞳をじっと覗いてみる。よく見れば、鼻筋は整っているしかっこいい方の部類に入るとは思う。そんな彼は目を瞬《またた》かせ、私をじっと見つめ返してくる。

「……いや、ダメだよね」

いくら仲がいいとはいえ、志前君は同僚だ。まったく恋心も湧かない彼に、勝手な理由で恋人のフリをしてほしいだなんて言えないし、そんなことを言われたら、彼だって迷惑だろう。

「どうしたんだよ、本当に」

「ううん、なんでもないの」

気持ちを切り替えなくては。私の今のミッションは、持月さんに感謝状を渡しに行くことだ。

私は持月さん宛にメッセージを手短に送り、スマホを鞄に突っ込んだ。それから、

〝感謝状〟を大川電鉄特製の紙袋に丁寧にしまった。

一度家に帰った私は、ワンピースに着替えて家を出た。持月さんに指定されたレストランが、朝明台駅から地下鉄で二十分ほどいった駅付近、ブランドショップが立ち並ぶラグジュアリーな街にある、高級ホテルの最上階のフレンチレストランだったのだ。持月さんが研修で日本にいる間、宿泊しているのがそのホテルなのだそう。

お礼の意味も込めてご馳走するつもりでいるけれど、少し腰が引けてしまう。高級ホテルのレストランディナーなんて、いったいいくらになるのだろう。

午後七時半。そんなことを考えながら、慣れないヒールで自宅の最寄り駅である朝明台駅までの道を歩いていた。出勤時はスニーカー、勤務時も安全靴を履いているから、こんなに女性らしい靴も服も久しぶりだ。そんな私の手には、この格好に不つり

合いな大きな紙袋。持月さんに手渡す、感謝状が入っている。

持月さん、かっこよかったなあ。私は昼間の、彼の救護の様子を思い出した。

頭の回転が早いのか、先を見据えた行動力があった。だからだろう、動きにいっさい無駄がなかった。あんな状況だったにもかかわらず、私よりも冷静沈着で判断力もあった。

高校時代の彼にも、〝クールな秀才〟というイメージがある。

当時から成績優秀でエリート感を醸していた持月さん。学年は私のふたつ上で、私が入学したときは生徒会長をしていた。運動神経もよく、サッカー部のエースとしても活躍していた彼。表情はあまり動かないが物腰は柔らかく、生徒からの支持はもちろん、先生たちの信頼も厚かった。

我が校では各自でテーマを見つけ三年間を通してひとつのことを調べ上げる、大学の卒論のようなものを作る授業があるのだが、持月さんは『国際社会の安定のために日本外交が担うべき役割について』という分厚い論文を書き、校内表彰されていたのを覚えている。

さらに、私の高校から初めて最難関といわれる国立大学に現役合格した持月さんは、その整った顔も相まって、女子からの人気もすごかった。しかも、彼には色恋についての噂はまったくなく、それが余計に男女問わずの人気を加速させていたような気もする。

そんな雲の上の存在のような持月さんと、私は一度だけ話したことがある。あれは初めての文化祭の時。毎年人気だという、サッカー部のたこ焼き屋の出店に並んでいた時のことだ。

たこ焼きの材料が切れてしまい、並んでいても買えないかもしれない、というアナウンスの後、サッカー部員が並んでいる人たちに購入個数を聞いていた。ちょうど私までがぎりぎり買えることになったが、それを聞いた後ろに並んでいた女の子が泣きだしてしまい、私はいたたまれなくなって、女の子に順番を代わってあげた。すると持月さんが、列を離れた私に不意に声をかけてきたのだ。

『咲多さん、さっき列代わってあげてたよね。あの子、うちの学年の奴の妹なんだ。ありがとう。これ、お礼にどうぞ。ちょっと、冷めちゃってるけど』

持月さんは言いながら、私に白いビニール袋を差し出した。中には、八個入りになるはずの透明なパックに、たこ焼きがふたつだけ入っていた。

『あの、これ――』

『部内で食べようと思って取っておいたやつなんだ。ふたつだけだと売り物にならないから、遠慮せずにもらって』
表情はあまり変わらない人だが、その柔らかい声に胸がときめいた。こんな私の行動にまで気づくなんて、よく見ていてくれる人だな、とも思った。
胸に残る、優しい彼との淡い思い出。そんなことを思い出していたら、急に胸が騒ぎだす。
あくまで十年以上も前の話だ。そう自分に言い聞かせて、私はひとり、乗り込んだ電車内で深呼吸した。

やがて指定されたレストランに着く。入り口からして高級感漂うそこに、緊張しながら足を踏み入れた。レセプションで名前を告げると、彼はそばに控えていたウェイターらしきスタッフに席まで案内するよう伝える。持月さんはすでに到着しているようだ。

頭上にはきらめくシャンデリア、足元には織り目の細かい落ち着いたブルーの絨《じゅう》毯《たん》。歩きやすく、ヒールの音を吸収してくれる。そんな通路を歩きながら、私は店内へ目を向けた。

静かに談笑しながら食事を楽しむ大人のカップルが数組。その奥、壁一面のガラスの向こうには、東京の夜景が見下ろせる。ハイステータスなお店に来てしまったことは間違いない。

ドキドキしながら歩いていると、背後から「あ」と誰かを呼び止めるような声が聞こえた。思わず振り返る。そして、すぐに後悔した。土曜日にお見合いをする相手、三浦がそこにいたのだ。

背筋が凍てついてゆく。素知らぬふりをしようとしたけれど、体が固まってしまった。三浦がこちらに歩いてくる。ウェイターも私の様子に気づき、そこで静かに立ち止まった。

「映茉さん。お見合いは土曜日なのに、こんなところで会うなんて、まるで僕たち運命の赤い糸でつながってるみたいだね」

彼はそう言いながら、細い糸目を尺取虫《しゃくとりむし》みたいに曲げた笑みを私に向ける。その頬には、なにかのクリームがくっついていた。思わず体が引きつり、心臓がバクバクと嫌な音を立てる。今すぐに、この場所から逃げ出してしまいたい。だけど母の手前、彼を邪険に扱うこともできない。

「そうか、映茉さんもこういうところで食事をするのが好きなんだね。僕も、僕のママもこういうお店が大好きなんだ」

「あの、今日は約束があるので、このあたりで――」

まだ話し続けそうな彼を遮ろうと、私は張りつけた笑みを浮かべて言った。しかし彼は私の言葉など聞こえていないかのように続ける。

「ねえ、僕のテーブルにおいでよ。一緒に食事を――」

三浦の手が私の腕を掴みそうになり、慌てて引っ込めた。

「触らないでっ！」

思わず大きな声が出て、ぞわりと全身に鳥肌が立つ。レストラン中の視線を感じたが、私はどうしていいかわからなくなった。

「あ、ごめんなさい、あの――」

なにか言わなくてはいけないと思うのに、体が震えてうまくしゃべれない。

「彼女が嫌がっているのが、わからないのか」

突然、背後から声が聞こえた。威圧感のある声に、そうっと振り返る。持月さんがそこに立っていた。

「誰だ、お前」

三浦は持月さんを見上げた。

「彼女の連れだ」

「なに？　映茉さんは、僕のお見合い相手だぞ。将来、結婚する相手なんだぞ」

「今日、彼女には先約がある。相手は私だ。これから、彼女と大切な話をする」

持月さんはそう言うと、そこに立ったままだったウェイターになにかを小声で伝える。二、三言交わすと、持月さんは私の肩を優しく叩いた。

「咲多さん、こちらに」

手を差し出され、戸惑っていると、彼の瞳が私に強く『その手を取れ』と訴えてくる。

「はい」

持月さんに頷いて彼の手を取ると、三浦は心底嫌そうな顔をして、「でも映茉さんは僕と結婚するんだからな！」と言い捨て自分の席に戻っていった。

周りの視線がまだ気になったけれど、私は持月さんに手を引かれながらお店の奥へと向かった。

私たちを先導していたウェイターは、とある扉の前で足を止めた。

「え、個室ですか？」

「ああ、今さっき変更してもらったんだ」

思わず飛び出た疑問に、持月さんはなんてことないように答える。そして彼は、ウェイターが開いた扉の中へと、私を誘《いざな》った。

間接照明がムーディーな個室は、二面が全面窓の開放感。美しい夜景のきらめきの手前に置かれたテーブルは、外の景色を堪能できるようにと椅子がL字に置いてある。

ウェイターが椅子を引き、持月さんに座るよう促される。私がそこに腰かけると、安心したように隣に持月さんも座った。すると、ウェイターは絶妙なタイミングで私の手元にメニュー表を差し出してくる。

「え、えっと……」

困っていると、持月さんが口を開いた。

「咲多さん、食べられないものはあるか？」

「いえ、とくには」

「お酒は飲めるか？　ノンアルがいい？」

「飲めるんですが、今日はノンアルで。お水をいただきます。明日も朝早いので」

私がそう言うと、持月さんは私の握っていたメニュー表を優しく抜き取った。

「おすすめがあるんだ。ごちそうさせてくれるよな」

「え、でも――」

「急に呼び出して悪かった。来てくれてありがとう。だから、な？　いいだろう？」

「では、お言葉に甘えて」

私の言葉に満足したように頷いた持月さんは、ウェイターを視線で呼び寄せた。

「料理はコースがいい。いつものをもらおうかな。ただ、今日はワインでなく、ミネラルウォーターで」

「お料理はステーキのコースを二名様分、お飲み物はミネラルウォーターでうけたまわりました。お肉の焼き加減なのですが、お連れ様はいかがなさいますか？」

注文を繰り返したウェイターの視線が急にこちらを向く。

「えっと……」

戸惑っていると、持月さんが小さな声で教えてくれた。

「ここの肉はしっかり焼いても柔らかいんだが、苦手でなければミディアムレアがおすすめだ。俺はいつもそうしている」

「では、私もミディアムレアでお願いします」

持月さんの助言のおかげで、なんとか注文を終える。

「かしこまりました」

ウェイターはそう言うと、一礼して個室から去っていった。

流れるように注文をするだけでなく、私の戸惑いに気づいてさっと助け舟を出してくれた。きっと〝一流〟とはこういう人のことを言うのだろうと、不意に思った。

「先ほどのこと、大丈夫だったか？」

不意に持月さんがそう言う。三浦のことだろう。私は一度体ごと彼の方に向き直り、丁寧に頭を下げた。

「はい。助けていただき、ありがとうございました。それから、わざわざ個室にしてくれたんですよね？　申し訳ないです」

「君が謝る必要はない。あれは向こうがマナー違反だろう。それに、『大切な話をする』というのは間違いじゃない」

申し訳なくて声が小さくなってしまったが、持月さんはそんな私に少しだけ目を細め、優しく微笑んでくれた。その柔らかな表情に、胸がドキリと鳴る。しかし、彼の視線はすぐに私の足元の荷物に向けられる。そこには、大川電鉄の大きな紙袋があった。

「すみません、すっかり忘れるところでした」

私は慌てて、紙袋からファイルを取り出した。

「本日は急病人の対応並びに救助、大変ありがとうございました」

言いながら、中の感謝状を両手で差し出した。持月さんはそれを受け取ると、じっと見つめた。

「へえ、すごいな」

「すごいのは持月さんですよ。落ち着いていて、動きに無駄がなくて。おかげさまで急病人を助けられたんですから」

私はファイルと紙袋を手渡しながら、持月さんの勇姿を思い出し、思わず前のめりになってしまった。

「なら、咲多さんのおかげだな」

「え？」

持月さんは淡々と、私の渡したファイルと紙袋に感謝状をしまいながら言葉を紡ぐ。

「咲多さんだったらどうするか考えたら、体が勝手に動いたんだ」

私だったらどうするか、とはどういうことだろう。そんな心の中の疑問を読んだかのように、持月さんは続きを話しだした。

「咲多さん、高校入試に遅刻しただろう？」

「なんでそのこと知ってるんですか⁉」

高校の前期入試は内申点と面接およびディベートの点数によって合否が決まるのだが、私はその面接試験に八分も遅刻してしまったのだ。

「サッカー部の試合に向かう途中に、見かけたんだ。高校の前の横断歩道を渡れなくて困ってるおばあさんを手伝ってる見慣れない制服の女の子をね。その後、その子はダッシュでうちの高校に入っていった。入試の日だったから、きっと受験生だろうと思ったんだ」

「嘘……」

誰にも知られてないと思っていた。

あの時は、急いで教室をノックして、入ってすぐに遅刻したことをお詫びして、理由を口早に告げた。しかし、結果は不合格。後期試験の筆記試験で合格したからよかったものの、今となっては苦い記憶だ。

「入学式で生徒会長として祝辞を述べていた時、新入生の中に咲多さんを見つけて、ああ、あの時の子だとすぐにわかった」

忌々しい記憶であると同時に、見られていたという恥ずかしさが襲ってくる。

「文化祭の時のことも、覚えている。たこ焼きの列、山田《やまだ》の妹に代わってあげていたな」

「すごい、よく覚えてますね」

外交官という仕事をしている持月さんのことだ。きっと、記憶力がいいのだろう。

私はさすがだな、と思うと同時に、胸の内は恥ずかしさでいっぱいだった。赤くなった顔を隠すようにうつむいていると、ウェイターがグラスにミネラルウォーターを注ぎにやって来る。助かった、と思いながら、持月さんにならい軽く掲げて乾杯をした。

それからすぐに、前菜が運ばれてくる。持月さんは野菜の断面が美しい豚肉のテリーヌに綺麗にナイフを入れた。その所作は、思わずぼうっと見とれてしまうほど美しい。三浦はきっと、こんなに綺麗には食べないだろう。頬にベッタリとクリームをつけた彼の顔を思い出し、思わず表情がこわばってしまう。すると、持月さんが不意に口を開いた。

「どうした？」

「いえ、なんでもないです」

「そうか？　難しい顔をしていたようだが」

慌てて笑みを浮かべたけれど、持月さんに探るような視線を向けられ、気まずくなる。

「困っていること、あるんだろう。話してみないか？　もしかしたら、俺が力になれるかもしれない」

なぜ彼は、こんなことを言うのだろう。わからないけれど、私は「いいえ」と首を横に振った。これは私の問題だ。そう思ったのだけれど、持月さんは再び口を開いた。

「あの男と、不本意ながら結婚させられそうになっている。俺の目にはそう見えたのだが、違うのか？」

ドクリと胸が鳴り、ぴくりと肩が震えた。言い当てられたことに、こんなにも顕著に体が反応してしまうほど、私はそのことを気にしてしまっているらしい。

「……違わないです」

これ以上だんまりを続けるのは無理だと悟り、私は口を開いた。

彼とのお見合いを断れず、困っていること。今まで散々お見合いの日を延ばしてきたが、もうこれ以上は無理だということ。すべてを打ち明けると、持月さんは手にしていたフォークを皿に置き、顎に指を置いた。

「ごめんなさい、こんな話。ご迷惑ですよね」

気分を害してしまったかもしれない。私は慌ててテリーヌを口に運び、気持ちを食事に戻そうとした。しかし、食べ進めていると、不意に持月さんが口を開く。

「咲多さんは今、付き合っている人はいるのか？」

唐突な質問に、はっと彼の顔を見た。

「いえ、いない、ですけど……」

思わず手を止め答えると、持月さんは顎に置いていた指を取り去り、私の方をじっと見つめた。そして——。

「俺と、結婚しないか?」

そう言いながら、すごく真剣な瞳をこちらに向けた。

ん? 今、なんておっしゃった?

彼の言葉に、思わずきょとんとしてしまう。その間にも、持月さんはこちらをじっと見てくる。次の料理が運ばれてくる間、私たちはお互いにじっと顔を見合わせていた。

やがてウェイターが去っていく。すると、持月さんはそっと口を開いた。

「実は、俺も縁談がらみで困っていることがあるんだ」

「困り事、ですか?」

「ああ」

持月さんはややピンクがかった断面のステーキ肉に、再び綺麗にナイフを入れていた。

「相手の女性と、互いに望まない縁談を持ちかけられていてな。互いの親が縁談に乗り気で困っているんだ。しかも国際的な相手で、下手《へた》に断ると外交問題に発展しかねない」

　持月さんはそこまで言うと、難しそうな顔をして、一度ほう、と息をつく。

「俺に心に決めた女性がいるとなれば、互いの親の熱が下がると思うんだ。それに、咲多さんの縁談を断る口実にもなるだろう。どうだ、仮に結婚するというのは」

　なるほど、理由は理解した。だけど、本当にいいのだろうか。

「でも、私なんかでは持月さんの相手は務まらないと思います」

　本心だった。高校時代、持月さんは恋愛対象にすることすらタブー視されていたほどの人気者だった。そんな彼は今、ヨーロッパの外交官として働いている雲の上の存在。さらに、なんの迷いもなくさっと人助けができるような人格者でもある。

「そんなことはないだろう。咲多さんは同じ高校の出で信頼を置ける人物であるし、駅員姿を見て対応力もあると判断した。それから、英語もしゃべれるんだろう？　名札の下についていた。英語対応可能だと」

　持月さんは言いながら、指で自身の右胸のあたりを指さした。確かに、制服の右胸につけた名札には【English《イングリッシュ》】という表記がある。これは、大川電鉄が日本語以外で対応ができる駅員に配布しているもので、昨今増えている海外からの旅行客にスムーズに対応できるようにと始めた施策だ。だけどまさか、持月さんがそんなところまで見ていたなんて驚きだ。

「仕事柄、夫婦で社交の場に出向かなければならない場合もあると思う。だから、英語が話せる咲多さんは、結婚相手としてとても頼もしい」

持月さんは優しい声色で、どんどん私を引き込んでいく。

「だが別に、ドイツについて来てほしいと言うつもりもない。結婚さえしてくれればそれでいいんだ。咲多さんも、駅員の仕事は辞めたくないだろう？」

持月さんはそう付け加えると、私の顔を覗き込んできた。私は慌てて咀嚼《そしゃく》していたお肉をのみ込み、口を開いた。

「辞めるなんて、考えたこともないです、けど――」

問題はそこじゃない。私は今、唐突に持月さんとの結婚を提案され、プロポーズされているのだ。かつて憧れた彼からの提案はもちろん嬉《うれ》しくもあるのだが、一方で戸惑いと不安が大きく胸に渦巻いていた。

持月さんも望まない縁談に困っているのはわかった。だけど、急すぎる結婚話。しかも、お相手は世界を股にかけて活躍する外交官だ。私とは違いがありすぎる。そんな彼と私が結婚だなんて、うまくいくのだろうか。

言葉の続きが紡ぎ出せなくなった私を見かねたのか、持月さんが口を開く。

「なにか、問題があるのか？」

「……問題というか、疑問です。なぜ私なのでしょうか？　持月さんみたいな素敵な男性なら、引く手あまただと思うんです」

きっと彼には、相手などいくらでもいるだろう。そう思ったのに、彼はなんの躊《ちゅう》躇《ちょ》もなく言葉を返してきた。

「言っただろう、咲多さんが困っているからだ。それに、俺は本当はまだ、結婚したくないんだ。だが、親はそろそろ結婚を考えろ、もう遅いくらいだとはやし立て、無理やり望まない結婚を押しつけようとしてくる。咲多さんの仕事ぶりを見て、君は自立している女性だと思った。そんな君は、結婚相手として適役だ」

「つまり、〝愛のない偽装結婚〟をするってこと、ですよね」

彼の説明を聞いていると、なんだか虚しくなってきた。それがつい、声色に出てしまったらしい。

「まあ、そういうことになる。法律上の関係をつくってしまえば、互いに困らなくて済むだろうと思ったんだが――」

私が顔を伏せたからか、持月さんの歯切れも悪くなる。それが申し訳なくて、慌てて彼の方を向き口を開いた。

「あの、確かにそれはすごく助かるなって思ったんです！　でも、そんなことで結婚を決めるだなんて、本当にいいのかなって」

三浦とのお見合いを回避できるのは嬉しいし、あの人との未来を考えるなんて嫌すぎる。だけど、持月さんを巻き込み、ここで互いに割りきって結婚をしようというのはなにか違う気がする。

「咲多さんには、なにか結婚に理想でもあるのか？」

不意に、持月さんがそう言った。

「そうですね。結婚って、確かに法律上の関係だけなのかもしれません。でも、私はできるなら、結婚したら〝幸せな家庭〟を築きたいな、と思っています」

「幸せな家庭……」

持月さんは私の言葉を口の中で繰り返した。

「私の父と母、近所ではちょっと有名なおしどり夫婦だったんです。だから、私もあんな夫婦になりたいなあ、という憧れというか、漠然とそういう理想があって……なんて、この年になって、好みじゃない人と結婚させられそうになってる私が言うのもイタいですね、すみません」

思わず自虐的になってしまった。なにを言っているのだろう。三浦との結婚を回避させてくれようとしている。それだけで、十分すぎる提案だというのに。

食事の手を止めじっとこちらを向き、話を聞いてくれる持月さんに、私はぺこりと頭を下げた。それなのに、持月さんは優しく微笑む。

「……わかった」

そう言って、私の瞳をじっと見た。

「咲多さんの思う〝幸せな家庭〟を築けるように、努力する。だから、どうか俺と結婚してほしい」

「……はい？」

彼の突拍子もない言葉に、思わず素の声が出た。しかし、言ってから思った。もしかしたら、持月さんの方が切羽詰まった状況なのではないか、と。

考えているうちにも、持月さんは続きの言葉を紡ぎ出す。

「次の春、来年の三月頃には日本に帰国予定なんだ。それまでは遠距離になるが……咲多さんの言う、幸せな家庭が築けるよう下準備をしておく。帰国したら、一緒に暮らして、咲多さんの思う〝おしどり夫婦〟になろう」

「あ、あの……」

私が止めようとする言葉を遮って、持月さんは続けた。

「ああ、そうすると咲多さんの理想の形を築けなかった時の保証が必要か」

持月さんは一瞬間をおいて、再び口を開く。

「もしも君がイメージする〝おしどり夫婦〟になれそうにないと感じたら、いつでも言ってくれ。その時は、君の意に沿うようにする。別れたければ、もちろんそれを受け入れる」

「へ？」

思わず変な声が出る。だけど、持月さんは止まらない。

「君が離婚を選んだなら、当然のことだが、財産分与にもきちんと応じるし、慰謝料も払う。その時に子供がいたら、養育費も払うと約束する。これで、どうだろう？」

それほどまでに、持月さんは結婚がしたいらしい。

もしも、結婚して彼を助けられるなら。先ほど助けてくれた彼の姿を思い出し、彼のためになるならそうしたいと思えてくる。私はそっと、口を開いた。

「……私で、よければ」

「いいのか？」

彼の声に顔を上げた。持月さんを、じっと見た。

「はい。私、持月さんと結婚します」

持月さんの問いに答えると、彼は一度目を瞬かせる。それから優しく頬をほころばせ、ほっと息をついた。

「ありがとう、咲多さん」

それからはなにかを話しながら互いに残りの料理を楽しんだのだけれど、なんの話をしたのか、どんな味がしたのかは覚えていない。とにかく胸がドキドキして、彼の言葉に相槌を打つのに必死だった。気がつけば、運ばれてきたはずのデザートを食べ終わっていた。

レストランを出て、エレベーターホールへ向かう。

「おいしかったです。ごちそうさまでした」

「喜んでもらえて良かった。また来よう」

祐駕さんは淡々とそう言いながら、下階へ降りるボタンを押した。

やがてやって来たエレベーターにふたりで乗り込んだ。一面ガラスのエレベーターは、足元よりもはるか下に夜景がきらめき、まるで夜空に浮かんでいるような気分になる。持月さんはてっきりそのまま部屋に戻るのだろうと思っていたのだけれど、彼の指はなぜか当たり前のように一階のボタンを押した。

東京の夜景がどんどんと近づいてくる。私たちしかいないこの空間で、私はひとり謎のドキドキにさいなまれていた。

本当に、持月さんと結婚すると決めてしまった。夢じゃないか確かめたくて、何度か腕をつねったけれど、持月さんに怪しまれたし痛いだけだった。

エレベーターを降りると、ホテルの豪華なエントランスが見えてくる。今日はもうお別れだ。しかし、「さよなら」と上げようとした私の右手を、彼は優しく取って引き寄せた。

「持月さん？」

そう言う間にも、持月さんの左手が私の右手をすっぽりと包み込む。もしかしたら、このまま家まで送ってくれるのだろうか。それとも、今夜は返したくない、などと言われてしまうかもしれない――。

高鳴る胸と、妄想に顔が火照ってしまったのだけれど、それは次の瞬間、凍えるほどに冷たくなった。

「映茉さん」

ねっとりとした声で名を呼ばれ、それだけで背筋が粟立った。ロビーにあるソファの方から、三浦がこちらに向かって歩いてきていたのだ。

彼は最初こそニヤニヤと不快な笑みをこちらに向けていたが、私と持月さんのつながれた手を見ると途端に目の色を変えた。

「なんで手を……？　映茉さんは僕のお嫁さんでしょ⁉」

小学生のような言い方で怒りをあらわにした彼は、私の腕を掴もうとする。とっさに身を引くと、なにかに強く腰を引かれた。持月さんの腕だ。

「彼女は私と結婚することになった」

見上げると、持月さんの凛とした顔が三浦を睨《にら》みつけるように捉えていた。

「なんでだよ！　映茉さんは僕の――」

「私たちは元から恋人だったんだ。とある事情から恋人がいることを黙っていてほしいと彼女に伝えていたが、どうしてもお見合いを断れないと相談されて、それなら結婚しようとつい先ほど決めたんだ」

持月さんはまるで本当にそうだったかのように言葉を並べる。すらすらと出てくる彼のでまかせの筋書きには、本当のことが交ざっているからか、納得感があった。

「横取りだ！　そんなの、僕は許さないからな！」

「先にプロポーズをしたのは私だ。断じて横取りなどしてはいない」

持月さんはそう言うと、私に向かって優しく微笑んだ。

「今から、区役所に婚姻届をもらいに行くんだよな」

告げられた言葉に驚き、思わず変な声が出そうになる。だけど、三浦を振りきるにはこれしかない。

「はい」

私がそう答えると、持月さんは三浦の方を振り向いた。

「私たちはもう〝夫婦〟になるので、これ以上邪魔をしないでいただきたい。では」

そう言いきり、私の手を優しく引く。後ろで三浦が憤慨する声が聞こえたけれど、私は振り返らなかった。


それから二日後、私は極度の緊張に襲われていた。実家に帰るだけなのに、体がガチガチだ。

一昨日《おととい》、私は持月さんからの唐突なプロポーズを承諾した。それで今日は、結婚のお許しをもらうため、持月さんと共に実家に向かっている。

持月さんは一週間後にはドイツに戻らなくてはならないため、日本にいるうちに籍を入れたかったらしい。それで、突然だが私の休日に合わせて、土曜日の今日、互いの実家に行こうと持月さんは午後休を取ってくれたのだ。

そうは言っても、この結婚は交際0日の〝偽装結婚〟。母を騙すような申し訳なさと、〝偽装〟だとばれてしまわないかという心配で、私は余計に落ち着かない。

電車の中は比較的空いていて、私たちはドア近くの二人掛けの席に腰かけていた。

電車に揺られる私の隣には、かっちりとしたスーツ姿の持月さん。高校の時から変わらずクールな彼は、今もポーカーフェイスだ。赴任先の海外では国の代表としていろいろな偉い人と話したりしているだろうから、きっとこういうのも緊張しないのだろうと思う。私たちの間に、愛はない。だからこそきっと、彼はいつも通りなのだろう。

そう思うと同時に、この結婚は彼の人生において特別なことではなく、望まない縁談を回避して体裁を保つためだけの、単なる手段にすぎないのだと、改めて思わされた。

思わずうつむき、ため息をこぼしかけたその時、持月さんが口を開いた。

「アレ、持ってきたか？」

「は、はい！」

私はぴくりと肩を揺らしながらも、持ってきた大きな紙袋を掲げた。ここには、記入済みの婚姻届が入っている。

一昨日、三浦をあしらった持月さんに手を引かれ、私たちは本当に区役所の時間外窓口へ行った。あの言葉は三浦に追い打ちをかけ、徹底的に追い払うためのものだと思ったが、どうやら持月さんは本気だったらしい。そして、私が間違えそうだと言うと持月さんは婚姻届を三枚ももらってくれた。

それから、彼はその場でさらさらっと必要事項を記入し、私に託してくれた。互いの両親に認めてもらったら出そうと、証人の欄は互いの親に書いてもらうことにしている。一昨日助けてもらった時は優しい人だと思ったが、こういうところを見ると、誠実な人だなとも思う。

「やっぱり日本の電車はいいな」

私の後ろの窓枠に頬杖をつきながら、持月さんが流れてゆく景色を見て、不意に言った。窓の外には、カラッとした秋晴れの空が広がっている。

「咲多さんは駅員だよな。すごいと思う」

「え?」

思わぬところから褒められて、思わず振り向く。彼は相変わらず、窓の外を見ていた。

「日本の鉄道って、ほぼ時間通りで運行するだろう? ドイツの鉄道は二本に一本は遅れる。それも相まって、ドイツ社会では車が欠かせないんだ。ドイツはエコ大国だといわれているが、同じように自動車産業が盛んでありながら鉄道の利用が廃らない日本を見習いたいと、ドイツの環境大臣も言っていた」

「へ、へえ……」

なんだか、さらっとすごい方のお名前が出た気がする。だけど、そう言う持月さんの表情は柔らかい。本当に、そう思ってくれてるのだと伝わってくる。

不意に持月さんがこちらを向いた。目が合うと、その口元が優しくほころんだ。

「一昨日の咲多さんの動きを見て思ったんだ。咲多さんのような人たちが、懸命に鉄道の安全と運行を守ってくれてるからなんだろうな」

トクリと胸が甘い音を立てて騒ぎだし、思わず目を逸らせてしまった。確かに、駅員として勤めることが今の私の誇りだ。けれど、こうして面と向かって褒められるとものすごく気恥ずかしい。

「私は、夢に破れた不運な駅員なんですけどね」

「そうなのか？」

恥ずかしさをごまかすようにして言うと、持月さんは少しだけ目を見張る。

「本当は運転士になりたかったんです。でも、試験に間に合わないという不運続きで。……もう、運転士になるのは諦めたんです」

自嘲するように笑みを浮かべて言うと、持月さんの表情が曇った。

「そうだったのか。悪い」

「いえ、いいんです！　持月さんが日本の鉄道を誇らしく思っていてくれるのが、私は嬉しいですから」

思いきり笑ったつもりだったけれど、張りつけたような笑顔になってしまった。

窓の向こうには、湘南《しょうなん》の海が見えてくる。もうすぐ、私の地元だ。


「おかえりなさい。そして、いらっしゃい」

実家に着くと、母がどこか申し訳なさそうな顔をして、私たちを出迎えてくれた。

それから、私の隣に立った持月さんを見て、小首をかしげた。

「はじめまして、持月祐駕です」

「ねえ、どこかで会ったことがあるかしら？」

「映茉さんと同じ高校に通っていました。私の方が年が上ですが、生徒会長もしていたので、もしかしたらそれで覚えてらっしゃるのかもしれません」

持月さんがそう言うと、母はわかりやすく目を丸くした。

「ああ、そうだわ。たしか、サッカー部のエースだったたって」

「覚えていてくださったのですね。光栄です」

持月さんは柔らかい笑みを浮かべた。その笑みは、私もつい見とれてしまうほど格好いい。

「ああ、こんなところで立ち話もあれね。どうぞ、上がって」

嬉しそうに笑みを浮かべる母に促され、持月さんと一緒に実家へ上がる。だけど、私の幸せを喜んでくれている母の表情を見てしまったせいで、私は心の中に申し訳なさを抱き、少しの罪悪感を覚えていた。

リビングに入ると、持月さんはさっそく丁寧に膝を折り、正座をした。私も彼にならって、彼の隣に同じようにして座った。お茶を持ってきてくれた母が腰を下ろすと、持月さんはまっすぐに母を見る。

「まずは、謝罪をさせてください。付き合っていることを内緒にさせてしまって、私の配慮が足りませんでした。お勤め先のご子息との縁談の件で、皆さんにご迷惑をおかけすることになってしまい、大変申し訳ございませんでした」

持月さんがそう言って頭を下げる。

「あらやだ、頭を上げてちょうだい！」

母は慌てたように手を胸の前で左右に振った。

「ですが、自分が映茉さんに付き合っていることを黙っていてほしいなどと頼まなければ、こんなことにはならなかったのだと深く反省いたしました」

持月さんはなおも頭を下げたままだ。

「いえ、いいの。お見合いのことも気にしないでね。社長に事情を説明したら、いい人がいたならなによりだ、息子さんのことは気にしないでほしいって言ってくださったから。映茉から聞いたわ。お付き合いを公にできなかった事情もあるのよね」

昨日のうちに電話で伝えておいたことを、母が繰り返す。これは、三浦をあしらった時に持月さんが言っていたことを、私なりにアレンジした結果だ。私の嘘を本当だと信じきっている母の言葉に、心がチクリと痛む。

「お母様のご理解、痛み入ります」

持月さんはそう言うと、やっと頭を上げた。

「あらやだ、『お母様』だなんて」

母は途端に嬉しそうに頬を染める。複雑な気持ちになる私の隣で、持月さんはそんな母を真剣な瞳でじっと見つめていた。

「今回のことを深く反省し、私は一昨日、映茉さんにプロポーズさせていただきました。そして本日、私は映茉さんとの結婚をお許しいただきたくご挨拶に参りました」

母はにこにこしたまま、持月さんの言葉を聞いている。

「勝手なお願いではございますが、ぜひ映茉さんとの結婚をお許しいただけないでしょうか」

持月さんがそう言って、もう一度頭を下げる。少しの罪悪感を胸に抱えながら、今度は私も一緒に頭を下げた。するとすぐ、母の声が頭上から降ってくる。

「反対する理由なんてないわ。映茉に素敵なお相手がいて、私も嬉しいもの。むしろ、ふたりには申し訳なかったわね。私のせいで、映茉にお見合いさせてしまうところだった。お父さんに、怒られちゃう」

母は自嘲するような笑みを浮かべながら、ちらりと背後を見た。そこにあるのは、小さな仏壇だ。母の瞳が急に寂しそうな色に変わる。複雑な顔で笑う母に、「本当はこの結婚は〝偽装〟だ」なんて、口が裂けても言えない。後ろめたさをのみ込み黙っていると、不意に持月さんが口を開いた。

「私が不甲斐《ふがい》ないばかりに、ご迷惑をおかけしてしまって、本当に申し訳ございませんでした」

そう言って、彼はもう一度頭を下げる。彼の言葉が、その気持ちが嘘じゃなければ

「だから頭は下げないでちょうだいよ、持月くん！　あ、『持月くん』は変ね。祐駕くん！　そうだ、結婚式とかは考えているの？」

　空気を変えようとしたのか、母がそんな話題を振ってきた。すると、持月さんは想定していたかのように言った。

「申し訳ないのですが、私はまだドイツでの仕事が残っておりまして。次の春には帰国予定ですので、その後に考えさせ――」

「あらやだ、気が急《せ》いちゃったわね私。なんだか嬉しくて」

　持月さんの言葉を遮りながら、母はうふふと嬉しそうに頬をほころばせる。無理をして笑っているようだが、『嬉しい』というのは本心だろう。やっぱり、母にこんな形で嘘をつくのは申し訳ない。だけど、持月さんがここまでしてくれているのを、台無しにもしたくない。

「そうだ！　お母さん、あの――」

　私はこれ以上罪悪感があふれてしまわないうちに、母に婚姻届を差し出した。

「この証人の欄、書いてほしくて」

「もちろんよ」

母が証人の欄を埋めていくのを見届けていると、持月さんがこちらを振り向いた。

「お父様にも、ご挨拶させていただいてもいいか？」

「はい。私も一緒に行きますね」

立ち上がった持月さんを、仏壇の前まで案内する。そこには、まだ父の遺影が置いてあった。

「お母さん、火つけるね」

「はいはい、どうぞ～」

手元にあったマッチで蝋燭《ろうそく》に火をともし、お線香をあげると持月さんと共に手を合わせた。

遺影の中の父は、笑っている。母と父は、ご近所から冷やかされるほどのおしどり夫婦だった。定年退職したら、日本一周を一緒にするんだと意気込んでいた矢先の心筋症。そのまま、父は帰らない人となった。

ねえお父さん、私、お母さんとお父さんみたいな夫婦になれるかな。今は偽装の関係だとしても、いつかはふたりみたいになれたら――。

まだ手を合わせたまま目を閉じる持月さんの背中を見ながら、不意に遺影の父に話しかけてしまった。

婚姻届の証人の欄に署名をした母はまだ持月さんと話したそうだったが、彼は忙しい人だからと断って実家を出た。


駅までの道を歩いていると、持月さんが不意に立ち止まった。線路沿いの道。向こうから電車がやって来て、私たちの横を通り過ぎていく。

「咲多さんのお父様、亡くなられていたんだな」

持月さんは言いながら、こちらに向かって少しだけ眉を八の字にした。

「はい、去年の夏に、突然。車掌になるための試験の前日でした。なんだか、父に乗務員にはなるなって言われているみたいで。だから、今年はもう試験を受けるのも、辞めたんです」

「そうだったのか」

言いながら、持月さんは空を見上げた。まるで、私の父を探しているかのように。

「持月さんは駅員の私がすごいって言ってくれましたけど、私は別にすごくなんてないんです。夢を諦めた、ダメな人間なんです」

「ダメなんかじゃないだろ」

持月さんが、不意にこちらを振り向いた。

「この前の咲多さんの対応を見て、駅員の仕事に誇りをもっているんだなと、俺は感じたが、違うか？」

彼の言葉に、はっとする。

「咲多さんの他人に寄り添う対応は素晴らしいと思うし、そういう人たちのおかげで、日本の鉄道は皆が安心して利用することができるんだと、俺は思う」

「持月さん……。ありがとう、ございます」

彼の言葉に、胸がじわんと温かくなった。涙がこぼれそうになって、慌てて天を仰ぐ。すると、持月さんも同じように、空に視線を戻した。

一緒に見上げた空は、青く澄んでいる。吹いてきた十月末の風は、爽やかで心地いい。

なんとなく、この結婚を父にも認めてもらったような気がした。運転士になるのは、認めてもらえなかったのに。

湘南を後にして、やって来たのは横浜山手《よこはまやまて》。駅を出て、山手ならではの坂を上った先に、持月さんの実家はあった。

「本当に、ここなんですか……？」

「ああ」

高級住宅街だと見ただけでわかる一角にある、ヨーロピアンな白い外観の大きな家。横浜山手といえば古くからの西洋館が有名だが、そのイメージに劣らない。

「すごい、綺麗なお屋敷ですね」

「俺が帰国した時に竣工したから、もう築二十年くらいだ」

入り口のレンガ風の階段を上ったところでつぶやくと、持月さんがそうぼそりとこぼした。

「そういえば、持月さんって帰国子女でしたよね。ご両親は、なんのお仕事をしてらっしゃるんですか?」

「父も外交官だ。俺が日本に戻ってくる前は、在米日本国大使館で参事官をしていた。だから、俺も一緒にアメリカにいた」

なるほど、持月さんが外交官になったのには、そういう一家だということが背景にあるのだと思い至る。

「今はどちらにいらっしゃるんですか?」

「父は今、大臣官房審議官をしている」

持月さんはさらっと言ったけれど、なんだか難しそうなお仕事だ。どんなお仕事なのか想像もつかないが、『大臣』や『官房』とついているあたり、きっと国の中枢を支えるようなお仕事なのだろう。

持月さんが私の実家でしてくれたように、今度は私がしっかりしよう。そう思っていたけれど、その肩書を聞いたせいで体は硬直するし、反対に心臓は騒ぎだす。そんなすごい人に、私は今から〝偽装結婚〟の挨拶をするのだ。

「母は専業主婦。至って普通の家族だ」

持月さんはそう言ってくれたけれど、彼の『普通』が私のものと一致していない気がして、緊張は全然解けなかった。

玄関で出迎えてくれたのは、厳格そうな六十代と思われる老紳士と背筋のぴんと伸びた初老の女性。綺麗な女性で、見た目だけでは四十代かもしれないと思うが、持月さんの年齢を考えると、おそらく五十代後半から六十代くらいなのだろう。品のある笑みは優しそうで、幾分肩の力が抜けた。

だけれど、玄関には絢爛《けんらん》なシャンデリアが光り輝き、大理石のような階段には赤い絨毯が敷かれている。あまりにも豪華すぎる見た目に、私はどうしても気後れしてしまう。

自己紹介をして、家に上げていただく。通された和室は丸い窓に障子が張られ、そこから差し込む光が柔らかい。まるで高級旅館みたいだ、と思いながら、私は持月さんの隣に腰を下ろした。

「私が祐駕くらいの時にはもう結婚していたからね。やっとか、と思ったよ」

「こんなにかわいらしいお相手がいたのなら、早く紹介してくれればよかったのに」

「ご挨拶が遅くなり、申し訳ありません」

持月さんのご両親がさっそく口を開き、私は頭を下げた。どうやら、持月さんのご両親も私たちがお付き合いをしていたと思っているらしい。

すると、持月さんは「頭を下げなくていい」と言って、私の肩に手をのせる。私が顔を上げると、彼はご両親に向き合い、淡々と話しだした。

「映茉は仕事も頑張っていて、自立している素晴らしい女性だ。だから余計に結婚のことをなかなか言い出せなかったんだ。黙っていて悪い」

持月さんはご両親の言葉を否定することなく、むしろ流れるように話を合わせる。彼は、演技が得意なのかもしれない。

「もう、せっかく私がお相手をずっと紹介していたのに。顔向けできないわ」

「その件については、俺から挨拶するから母さんはなにもしなくていい」

「はあ」

持月さんのお母さんはため息をこぼすと、今度は向かいに座る私にニコリと微笑んだ。

「映茉さん、祐駕と結婚すると決めたなら、お仕事はお辞めになるのよね？」

不意に名指しで話しかけられ、ぴくりと体が震えた。彼女はそんな私をじっと見る。口元は笑っているが、目が笑っていない。

「外交官の妻になるんだもの。いずれ、海外にもついていくことになるわ」

「あ……」

そんなこと、これっぽっちも考えていなかった。持月さんも、ドイツには来なくていいと言ってくれた。だけど、この先の将来はどうなのだろう。私は彼と結婚して、どう生きていくつもりなのだろう。

なにも言えないでいると、持月さんが私をかばうように右手を優しく握ってくれた。

「母さん、映茉の仕事のことはまだ決めてないから、口を挟まないでほしい。俺が春には日本に戻るから、今のタイミングで籍を入れたいだけなんだ」

「甘いこと言わないの。祐駕だってわかってるでしょう？　外交の場において、妻や家族の存在がどれだけ大切か」

持月さんの言葉に、お義母《かあ》さんはあきれたような視線を向ける。

「それはわかっている。だが、今は女性も働く時代だ。俺たちのことは俺たちで決める」

ぎゅっと手を握られる。真剣な持月さんの横顔に、私は心がぎゅっと掴まれた心地がした。

しかし、すぐにじろりとお母さんに視線を送られる。その不愉快そうな視線に、私は思わずきゅっと肩をつり上げた。ドクリと心臓が嫌な音を立て、同時に自分がいかに無鉄砲であったかを思い知った。たとえ偽装だとしても、外交官と結婚するということの意味を、私はまるで理解していなかった。

「まあ、祐駕も考えてないわけじゃないからいいじゃないか。どれ、証人の署名が欲しいのだろう?」

「ああ、父さん、頼む」

なんとなく居心地の悪さを感じながら、でも持月家側のサインをもらい、無事に婚姻届が埋まった。

持月家を出ると、持月さんはこちらを振り向き、頭を下げた。

「悪かった、不快にさせたな」

「いえ。でも、ちょっとびっくりしました。仕事のこととか、全然考えていなかったらってかまわないからな」

「はい……」

持月さんはそう言ったけれど、胸の中はちょっとモヤモヤしていた。

横浜の市役所で婚姻届を無事提出した私たちは、みなとみらいの街が一望できるレストランへとやって来た。展望台もあるホテルの、最上階のレストランだ。持月さんが、今日のために予約してくれていたらしい。

秋特有の短い夕暮れを通り過ぎた街。窓の外では、ビルや観覧車が光り輝いている。

今日はシャンパンで乾杯し、入籍のお祝いをした。

本当に結婚してしまった。しかし、一緒に婚姻届を提出までしたのに、全然実感が湧かない。それればかりか、この結婚が〝偽装〟であることへの罪悪感や、外交官の彼との結婚に対し浅慮だった自分への憤り、未来への不安が後から押し寄せてくる。

「母さんが言っていたこと、本当に気にしなくていいからな」

食後のワインを頂いていると、不意に持月さんが口を開いた。私はそんなに、浮かない顔をしていたのだろうか。

　顔を上げると、眉を八の字にした彼が優しく微笑んでいた。

「……と言っても、今は無理だよな。すまない」

「すみません……」

　再びうつむき、ワイングラスに口をつける。甘くフルーティーな香りが、少しだけ私の心を和ませてくれた。

「でも、今すぐには考えなくていいことだ。だから、そんな顔をしないでほしい」

　持月さんの声がどこか頼りなく聞こえて、私はそっと顔を上げた。

「俺がそうさせていることは、わかってるんだが……、今は、君の暗い顔はあまり見たくないんだ」

　そう言う彼の眉は、先ほどよりもひそめられている。

「そうですよね、ごめんなさい。未来を憂えたって、仕方ないですもんね！」

　私は頬に力を入れ、にいっと引き上げた。

「仲のいい夫婦に、なろうな」

　持月さんはそう言うと、優しく微笑みながらワイングラスを軽く掲げる。その言葉に、胸がきゅうっとなる。

「はい」

私もグラスを掲げた。この結婚は間違いじゃなかった――なんとなく、そう思えた。

食後のコーヒーも頂き、おなかも満たされた頃。

「帰りましょうか」

私が促すと、持月さんはレストランのスタッフに合図した。

「実は、部屋を取ってあるんだ」

会計を済ませた後、持月さんはそう言って席を立つ。彼のエスコートで店を出ると、エレベーターに乗って階下の客室フロアに移動した。

レストランで見たのと同じ夜景が広がる、みなとみらい屈指の眺望のホテルの一室。

なんとなく気恥ずかしくて、部屋に入った瞬間から、私はひたすらに夜景を眺めていた。

「すごいですね、夜景」

「ああ。俺も、この景色は好きだ」

持月さんは言いながら、窓際で夜景にうっとりする私の背後に立つ。ふたりきりの部屋、近すぎる距離に、鼓動が高鳴った。

「なぁ」

持月さんの手が肩にのり、ぴくりと震えた。振り返ると、彼の手にはリボンの結ばれた細長い箱がのっている。持月さんはゆっくりと、その蓋《ふた》を開けた。

「え、これ……」

華奢《きゃしゃ》なプラチナのチェーンにつり下がる、上品なジェムストーン。青みがかった紫色のティアドロップは、まるで目の前に広がる海をしずく型に固めたよう。周りにあしらわれた小粒のダイヤモンドと交ざり合い、婚約指輪よろしく光り輝くそれは、まるで今見ている横浜の夜景をぎゅっと凝縮したようだ。

「本当は指輪を贈るべきなんだろうが、サイズがわからなかった。だから、代わりだ」

持月さんは言いながらネックレスを手に取る。

「タンザナイトという石らしい。落ち着いた色味が似合いそうだと思って選んだんだ。着けてもいいか？」

「はい」

ドキドキとしたまま答え、肩に垂れた髪の毛を持ち上げると、持月さんの手が柔らかく首筋をかすめてゆく。その気配が消えると、私の胸元でタンザナイトが青紫色にきらめいて揺れた。

「似合っている」

持月さんの大きな手が、私の髪をさらりと撫でる。優しい笑みに、ドキリと一際大きく胸が鳴った。

「ありがとうございます」

恥ずかしくて目を合わせていられず、うつむいた。すると、持月さんの両腕が、後ろから回ってくる。

え……？

思わず彼の腕に触れ、そのたくましさに男性を意識してしまう。緊張なのかなんなのか、鼓動がありえないくらいに速い。

しばらくそのままでいたけれど、不意に彼が抱擁を解いた。

「すまない、疲れているよな」

「いえ、平気です」

私が答えると、持月さんは一度私の髪を優しく撫でた。

「今日はもう休もう。シャワー、先にどうぞ」

その笑みに胸がきゅんとするけれど、同時に少し落胆してしまう。そして、落胆したということは期待していたのだと気づき、急に恥ずかしくなる。

「じゃあ、お先にシャワーいただきますね！」

私は慌ててバスルームへ向かった。

シャワーを浴びて部屋に戻ると、持月さんに「俺を待たなくていい」と言われ、彼はそのままバスルームへ行ってしまった。私はベッドルームに向かったけれど、そこには大きなダブルベッドがひとつあるだけだった。思わず肩に力が入り、先ほどの期待がよみがえる。

しばらくしてベッドルームにやって来た持月さんは、ベッドサイドのソファに座る私の顔を見て微笑み、口を開いた。

「先に横になっていてくれて、よかったんだが」

「いえ、でも、あの、ベッドがひとつだったので、その……」

しどろもどろになりながら答えると、彼はクスリと笑いながら私の手を取る。そして、ベッドサイドまで誘うと、そのまま横になるよう促した。持月さんは、自分も横になる。その近すぎる距離と、互いがナイトウェアであるという事実に胸が破裂しそうなほど高鳴る。

しかし、期待は虚しく打ち砕かれた。

「おやすみ」

持月さんは私の髪をそっと一撫でしながらそう言うと、目を閉じてしまったのだ。

再び、私を落胆が襲う。勝手に期待した私が悪い。だけど、婚姻届けを提出して、初めての夜。なにもないことが、ちょっと悲しい。

不意に、先日彼に言われた言葉を思い出した。

『咲多さんの思う〝幸せな家庭〟を築けるように、努力する』

もしかしたら、先ほど私を抱きしめてくれたのは、〝幸せな家庭〟を築くための義務感のようなことなのかもしれない。

この結婚は〝偽装〟で、ここに愛はない。だとしたら、持月さんの先ほどまでの振る舞いも、言葉も、抱きしめられた温もりも、全部――。

「――愛のある演技《ふり》なのかもしれないな」

目の前にある彼の寝顔を眺めながら、そんなことが口からこぼれた。

彼は、私の理想の家族像を演じてくれているだけだ。〝努力〟というのは、きっとそういうことで、本気でそうなろうと思っていたわけではないのだろう。

そのことに今さら気づいた自分が情けなくて、ため息がこぼれた。だけど、結婚を承諾したのは、婚姻届に記入し提出してしまったのは、紛れもなく私だ。

真意はどうであれ、彼は『努力する』と言ってくれた。だから、私も〝努力〟しよう。彼のために、自分のために、幸せな家庭を築けるように〝努力〟する――。

そう胸に誓い、私もそっと目を閉じた。


翌朝。差し込む朝日に気づいて体を起こすと、目の前のソファで持月さんがコーヒーカップを傾けていた。

「おはよう」

「おはようございます」

向けられた笑みは窓の向こうの朝日に照らされ、余計にまぶしい。そんな持月さんは、すでにスーツに着替えていた。朝から爽やかで、格好いい。だけど、ここに愛はないということを思い出し、私は曖昧な笑みを返すことしかできなかった。

「着替えるだろう？　向こうの部屋にいるから、準備が終わったらそっちで」

持月さんは扉の向こうを指さしてそう言うと、立ち上がる。

「はい」

「急がなくていいからな」

会話する持月さんがいつも通りで、昨夜の疑惑が確信に変わる。これは、きっと演技なのだ。だったら私も、演じなくては。幸せな〝おしどり夫婦〟になれるように、努力しなくては。着替えをしながら、私もこの結婚を頑張ろうと改めて心に誓った。

ベッドルームから出ると、持月さんは部屋に朝食を頼んでくれていた。

「本当はレストランでもよかったんだが、今日、早く出なければならないんだ」

「お仕事ですか？」

「ああ」

「忙しいんですね」

私がそう言うと、持月さんは困ったような笑みを浮かべた。

「悪いな」

「いえ、私も今日は午後から仕事なので」

今日のシフトは遅番だ。その後が宿直で明日は早番、次が日中勤務で翌日は休み。駅員の仕事は電車の運行に合わせてシフト制で組まれているのだ。

「映茉も、やっぱり仕事頑張っているんだな」

突然名前を呼ばれ、髪をさらりと撫でられる。演技だとわかっているのに、胸がドキリと跳ね、固まってしまう。すると持月さんは私を朝食の置かれたダイニングに導き、椅子を引いて座るよう促した。

ふたりで向かい合って腰かける。まだ温かいクロワッサンを口に運びながら、私は口を開いた。

「そういえば、持月さんはいつドイツに戻るんですか？」

「明後日《あさって》だ。それから、君も持月になっただろう？　今日からは、お互い名前で呼ぶようにしよう、映茉」

「あ、そういうことですね。……ごめんなさい、つい」

先ほどから名前で呼ばれている理由に合点がいき、固まってしまったことが恥ずかしくなる。それと同時に、私の名前を当たり前のように呼ぶ彼の無表情さに落胆し、複雑な気持ちになった。

「……祐駕、さん」

彼の名を呼んでみる。やっぱり私にとって、名前で呼ぶのは緊張するし、特有の気恥ずかしさがある。

「うん、それがいい」

持月さん――改め祐駕さんは、つぶやくようにしか出せなかった私の小さな声を聞き取って、満足そうに少しだけ口角を上げた。

その顔は、ズルい。彼のそれは演技だとわかっているのに、なんで私はときめいてしまうのだろう。

「慌ただしくて悪いな。ドイツに戻るまでに、また会えるようにする」

祐駕さんが元の調子に戻ったので、私も調子を無理やり元に戻した。

「でも私、今日も明日も明後日も仕事ですよ？」

「そうか。なら、明後日の仕事終わりに会おうか。何時に終わるんだ？」

「五時くらいですけど、大丈夫ですか？　飛行機の時間とか」

「ああ。夜の便だからな。一緒に食事でもしよう」

祐駕さんがそう言って、再び微笑んだ。たとえ演技だとしても、こうして私に会おうとしてくれる。だから、大丈夫。この結婚は、きっとうまくいく。

「日本に戻ったら、一緒に暮らそうな」

「はい」

目線を下げれば、胸元には昨夜彼からもらったタンザナイトが輝いている。食事の途中だが、思わずきゅっと握ってしまった。

顔を上げる。祐駕さんの私を見つめるその表情は、優しい……気がする。だから、私も彼に返した。〝幸せな妻〟の微笑みを。

2　寂しく愛しい、別れの挨拶

「咲多、結婚したって本当か⁉」

入籍してから三日後の、もうすぐ退勤時間という頃。同期の運転士、志前君が駅員室へ飛び込んできた。

「うん」

社内で名前の変更手続きなどはしたけれど、そんなに早く伝わるものとは。振り向き志前君の顔を見ると、彼はなぜかこちらを睨んでいる。

「先越されてうらやましいからって、そんな顔しないでよ」

「……悪い」

彼がそう言った時、ちょうど定時を過ぎたので、パソコンの電源を落として立ち上がる。駅長に「お疲れさまでした」と声をかけ、駅員室を出た。

「でも、なんで急に？　お前、彼氏とかいなかったよな？」

「この間の急病人対応してくれた人いたでしょ？　彼とね、高校の頃にお付き合いしてたの。今はお互いフリーで、だったらいいなって――」

話しながら、宿舎に向かうため改札内を横切り、改札口まで歩く。

「ほら私、もうすぐ三十だし、子供欲しいなあとか考えたら、そろそろタイムリミットかなって」

「それだけで結婚決めたのか？」

「うん。付き合ってたから、お互いのことはよく知ってるし」

こんなでまかせ、よく出てくるな、と我ながら思う。案外、演技の才能があるかもしれない。

「高校の頃って何年前だよ」

「いいでしょ、こういうのはタイミングなんだから。志前君も、早くいい人見つかるといいね」

言いながら、改札口から外に出た。

「なんだよ、それ」

少し遅れて改札を出た志前君を振り返った。彼は不満そうな顔で、眉間に皺を寄せている。

「どうしたの、その顔。なんでそんなに不機嫌になるの？」

「いやだって、俺は――」

単に気になって聞いただけなのに、志前君はなぜか余計にムッとした。しかし、彼の言葉の続きを待っていると、今度は急に優しい笑顔を浮かべた。

「結婚式、呼べよ」

そう言って、志前君は私の肩にぽんと手を置く。その時、不意に背後から名前を呼ばれた。

「映茉」

「祐駕さん！」

振り向き、声の主の名前を呼ぶ。彼はスーツケースを転がしながら、こちらに駆け寄ってきた。

「早かったですね。私、着替えもまだなのに」

「大丈夫だ、いつまでも待ってる」

祐駕さんが私にニコリと笑うから、私も彼への複雑な気持ちを隠し、ニコリと微笑み返す。

「どうも、映茉の夫の持月祐駕です」

祐駕さんは志前君の方を向き、彼にも優しい笑みを向けた。これはきっと、〝幸せな夫婦〟アピールだ。彼の動きでそう思い至り、私も祐駕さんと共に志前君に笑みを向けた。すると途端に、志前君は不機嫌な顔に戻ってしまう。

「どうも、彼女と同期の志前旭飛です」

彼はぼそりとそう言うと、「早く着替えに行くぞ」と私たちに背を向けた。

「着替えてくるので、もう少し待っててもらえますか？」

「ああ、急がなくていいからな」

「はい」

私は祐駕さんに頷いてから、急いで志前君を追いかけた。

志前君は宿舎に戻る道中、早足で私の少し前を歩いていた。

「ねえ、ちょっと待ってよ」

「急がねーと旦那様がお待ちだろ？」

返された彼の言葉に、それもそうだと思いながら、急いで着替えて宿舎を出た。するとまたそこでも、志前君に遭遇した。ふたりで並んで、駅の改札前まで戻る。

「どうしたんだよ、その格好」

彼に言われ、思わず自分の姿を見下ろした。いつもはジーンズにトレーナーで出勤しているが、今日はワンピースにローヒールのパンプスを履いてきた。ついでに髪も簡単にまとめて、メイクも直してきた。

「だって、今日デー――」

「やっぱ言わなくていい」

言おうとした言葉は、志前君に止められてしまった。

「もしかして、どこか変かな？」

「俺は、お前の旦那じゃないからわかんねーよ」

「なにそれ、ひどい」

志前君ににいっと意地悪く微笑まれ、思わずぷうっと頬を膨らませる。すると途端に、ぐいっとなにかに腰を引かれた。驚いて顔を上げる。祐駕さんが、そこにいた。

「映茉、お疲れさま」

「祐駕さん。お待たせしてしまって、ごめんなさい」

「いや、大丈夫だ」

そう言う祐駕さんの腕は、なぜか私の腰を抱き寄せたままだ。間近で目が合い、その優しい笑顔に胸が高鳴ってしまう。

「じゃあな、お幸せに」

志前君がそう言って去っていくと、祐駕さんはやっと腕を放してくれた。

「いつもそんな格好で出勤しているのか？」

解放と同時に、祐駕さんが私の格好を見ていることに気がついた。

「いえ。いつもはジーンズとか、もっと動きやすい感じです」

そう言いながら、自らおしゃれしてきたのだと告白しているようだと気づく。恥ずかしくなって、うつむいた。

「そうか」

祐駕さんはたった一言、それだけこぼした。私たちの間に愛などないのだと、再確認させられたようで虚しくなる。

「勝手で悪いとは思ったんだが、フランクフルト行きの便の時間もあるから、空港近くの店を予約したんだ。少し移動するが、かまわないか？」

祐駕さんは淡々と私に言う。

「はい。わざわざ予約してくれたんですね、ありがとうございます」

そう言いながら、はっとした。

「ということは、なおさらお待たせしてしまって申し訳ないです」

「いや、映茉を待つ時間は嫌いじゃない」

慌てて言うと、祐駕さんは優しく微笑んでくれる。私の胸は、思わずドキリと鳴ってしまった。ここに愛はないと、わかっているのに。

私たちは電車に乗り、羽田《はねだ》まで移動した。その間、祐駕さんは難しい顔をしてしきりにスマホを操作し、なにかを確認しているようだった。

「お仕事ですか？」

「ああ、そんな感じだ」

祐駕さんは言いながらも、スマホの操作を続ける。その真剣な横顔を見ていると、帰国前にわざわざ会ってくれていることに、申し訳なくなってしまった。

「忙しいのに、時間つくってくれたんですよね。なんだか、すみません」

そう言うと祐駕さんは顔を上げ、こちらを見ながらスマホをポケットにしまった。

「いや、こっちこそ気を使わせてしまったな。悪い。夫婦なんだから、お互いもっと気楽にいこうな」

そう言う祐駕さんの笑顔は、やっぱり優しい。これも、きっと〝演技〟だ。わかっているのに、どうしてもときめいてしまう。もう、どうしたらいいのだろう。

空港にほど近いホテルのレストランは、飛んでいく飛行機がすぐそこに見える。おいしいディナーに舌鼓を打ちながら、私は別れの時が近づいてくるのを感じていた。

「ドイツって、遠いですよね」

私がそう言うと、祐駕さんがこちらを向いた。

「寂しいのか？」

「はい、少し。結婚したわけですし、せっかく家族になったのに離れ離れっていうのは、やっぱり寂しいです」

言いながら、言っても無駄なことだと思った。私と祐駕さんとの結婚は偽装で、ここに愛はないのだから。

「――なんて、困らせるだけですよね。ごめんなさい」

うつむき、ため息交じりに告げると、祐駕さんの優しい言葉が頭上から降ってきた。

「言うか迷っていたんだが……、ドイツ、来るか？」

「え？」

思わず顔を上げた。

「引っ越して来いっていうわけじゃないんだ。ただ、ちょっとした観光のような感じで来られたらどうかと」

祐駕さんは食事を続けながら、淡々と言葉を続けた。

「実は、ドイツの環境大臣に結婚したことが知れて、次のレセプションでぜひ紹介してほしいと言われたんだ。一か月後の予定だし、映茉には仕事もあるから、無理にとは言わない。だが、もし日程調整できそうなら、来てもらえると助かる。ドイツ観光の、ついでにでも」

祐駕さんが『ついで』と言ったのは、私たちの結婚が偽装だからなのだろう。偽りの関係なのだからそれも当然のことだ。そう思うと寂しい気もするが、ドイツ観光は魅力的だ。

「もし来られるなら、せっかくだから俺もレセプション前には休みを取って、映茉の行きたいところを案内する」

「え、いいんですか?」

思わず声を上げてしまった。海外旅行なんて、行ったことがない。土地勘もなく言葉も通じない場所に行くのは、勇気がいるからだ。だけど、祐駕さんが一緒なら。

そう思ったけれど、ふと先ほど電車の中でも仕事をしていた彼の姿を思い出す。そういえば、婚姻届を提出した次の日も、祐駕さんは仕事で朝早くにホテルを出ていた。

「でも、祐駕さん忙しいですよね? 私の観光案内なんて、迷惑じゃないですか?」

「遠慮はいらない。俺たち、夫婦なんだから」

祐駕さんはまた、優しく微笑む。それで、私の胸はまたドキリと高鳴ってしまう。その鼓動をごまかすように、私は慌てて口を開いた。

「えっと、ドイツですよね。私、ノイシュバンシュタイン城に行ってみたかったんです！　クリスマスマーケットも有名ですよね。行ってみたいな」

「ノイシュバンシュタイン城と、クリスマスマーケットだな。一か月後なら、もう始まっている頃だ。ただ、向こうはかなり寒いから、真冬の格好で来た方がいい」

「わかりました。仕事、休み取れるように調整しますね！」

思わず前のめりになってしまう。すると、祐駕さんは目を瞬かせた。

「あ、ごめんなさい。ドイツに行けるかもって思ったら、ついテンション上がっちゃいました」

「いや、いいんだ。俺も、向こうでも会えたら嬉しい」

祐駕さんはそう言うと、クスクス笑う。だから、私もつい笑ってしまった。

しかし約束をしたところで、祐駕さんとしばしお別れすることに代わりはない。

食事を終え、食後のコーヒーが運ばれてくると、改めて別れを実感する。私はカップに口をつけながら、窓の外を行く飛行機を眺めた。

もうすぐ、祐駕さんはあれに乗ってドイツに戻ってしまう。家族のつながりなんて、祐駕さんにとってはちっぽけなものかもしれないけれど、それでも私はやっぱり寂しさを感じてしまった。

「映茉」

不意に名前を呼ばれ、視線を窓から祐駕さんに向ける。彼の手には、小さなベロアの箱が握られていた。

「わぁ……」

祐駕さんの手で開かれた小さな箱の中には、きらきらと輝く小さなダイヤモンドが七粒斜めに埋め込まれた、流線型のデザインの指輪が大小ひとつずつ、収まっていた。

「手、出してくれ」

言われるがまま、左手を差し出す。すると祐駕さんは、小さい方を私の薬指に嵌《は》めてくれた。あまりにもぴったりに収まるから、私はその指輪の嵌められた左手をまじまじと掲げて眺めてしまった。

「サイズ、いつの間に測ったんですか？」

「この間、映茉が寝てる間に」

「そう、だったんだ……」

思わずうっとりとして、ため息がこぼれる。ずっと見ていたい、美しい輝き。このデザインは、おそらくネックレスとお揃《そろ》いなのだろう。タンザナイトの横に嵌め込まれたダイヤも、同じような流線形を描いている。

「俺にも、着けてくれるか？」

「はい」

差し出された祐駕さんの左手に、大きい方の指輪を嵌めた。お揃いの指輪が互いの指にきらめいて、私たちを〝夫婦〟にする。

手元に向けていた視線をちらりと上げると、祐駕さんと目が合いクスリと笑われた。そんな彼は、優しい空気をまとっている。

「ありがとうございます。私たち、家族になったんですよね。なんだか、改めて実感しました」

「ああ」

祐駕さんは、私の薬指に嵌められた指輪をさらりと撫でる。その感覚に、ぞくりとして、ドキドキしてしまった。

食後のコーヒーも飲み終えると、私は祐駕さんに手を引かれて、レストランを出た。互いの薬指に光るリングが、私たちをつなげてくれる。そう思うけれど、やっぱり寂しい。できるなら、もう少し一緒にいたい。そう思っていると、祐駕さんが口を開いた。

「映茉、明日は仕事は？」

「休みです。三連勤だったので」

そう答えると、祐駕さんはほっと安堵《あんど》の息をつく。

「よかった。フライトの時間までまだあるから、少しデートしないか？」


祐駕さんに連れられて、私は羽田空港の第二ターミナルへ来ていた。スーツケースをカウンターに預けると、身軽になった祐駕さんは私の右手をつなぐ。突然指を絡められて、その特殊なつなぎ方に胸が高鳴った。

「デートだから。嫌だったか？」

「いえ。ちょっとびっくりしましたけど、でも、嬉しいです」

きっと、仲のいい夫婦はこうして手をつなぐのも普通なのだろう。祐駕さんはおそらくそこまで考えているのだろうと思うと、私も慣れていかなければと思わされる。

これは、あくまで彼の〝演技〟なのだ。私たちは見せかけの夫婦。だから、彼のこういう振る舞いを勘違いしてはいけない。高鳴る胸に、私はそう言い聞かせた。

空港は飛行機に乗るところだとばかり思っていたが、お店やカフェなどもたくさん併設されていて、まるで大きなショッピングモールにいるようだ。遅い時間だからほとんどのお店が閉まっているが、祐駕さんはかまわずに上の階へと私を誘う。どこへ行くのか不思議に思っていると、やがて飛行機の見える屋外の展望デッキへ出た。

「暗いから、足元気をつけて」

そう言う祐駕さんは私を気遣うようにゆっくりと段差を下りてゆく。すると、そこには光のラインが二本、まるで滑走路のように走っていた。その間には青い光が点々と輝いていて、まるで天の川のようだ。近づくと、木製の床の中に小さな青いライトがいくつも埋め込まれているのだと気づいた。

「すごい、素敵な場所ですね」

遅い時間帯も相まってか、この場所には私たちのほかに誰もいない。まるで、空に広がる無数の星をここに映して、ふたり占めしたような特別感を覚えた。

「昼間だと、向こうに東京湾も見える」

祐駕さんが指さした方は、真っ暗でなにも見えない。代わりに、遠くから明るいライトが空を飛び、こちらに向かってくるのが見えた。

素敵な場所なのに、もうすぐ離れなくてはならないという事実がやっぱり寂しい。思わずつないでいた彼の手をきゅっと強く握ってしまい、慌てて緩めた。なにをしているのだろう。

「ごめんなさい、なんでもないんです」

その時、ジェット機が轟音とともに飛び立ち、ぴゅうっと夜風が展望デッキを吹き抜けた。昼間はまだぽかぽか温かい日もあるが、朝晩は冷え込む。

「寒くなってきたな、中に戻ろう」

祐駕さんはそう言って、私の手を引こうとする。だけど、私はもう少しだけ、ふたりきりでいたかった。

「もう少し、ここにいてもいいですか?」

そう言うと、祐駕さんの目が見開かれる。引き止めるなんて迷惑だったのだと気づき、落胆する。しかし、祐駕さんは優しく微笑んだ。

「わかった」

祐駕さんはそう言うと、つないでいるのと反対の手で私の髪をさらりと撫でた。それからすぐに体を動かし、私の前に立つ。きっと、風よけになってくれているのだろう。嬉しいけれど、この距離が寂しい。そう思っていると、祐駕さんは私の髪を撫でた手をおもむろに背中にすべらせる。そしてそのまま、私を包むように優しく抱きしめてくれた。

「俺のこと、風よけにしてくれ」

祐駕さんはそう言った。決して強くない抱擁だが、祐駕さんの腕の中は温かい。ドクドクと高鳴る、自分の心臓の音が大きく聞こえる。勘違いしてはダメだと思うのに、どうしても胸の高鳴りは抑えられなかった。

「祐駕さん……」

　優しい温もりに思わず彼の名をこぼす。

「嫌か？」

「いえ、温かいです」

　見上げた祐駕さんの顔は、とても優しい。つないでいた手が離されたと思ったら、祐駕さんは私の首元を指でそっとなぞった。

「それ、着けてくれているんだな」

　祐駕さんの視線の先には、彼にもらったネックレスのタンザナイトがきらめいている。

「仕事中も、制服の下にしてるんです。祐駕さんとの、夫婦の証ですから」

「そうか」

　そう言うと、祐駕さんの指は私の頬に移動し、優しくかすめるように私の輪郭をなぞった。

「キス、してもいいか？」

その言葉に、胸が一際ドキリと大きく高鳴る。ごくりと唾をのみ込み、祐駕さんを見つめた。すると彼は、黙ったままの私にもう一度口を開く。

「別れのキスだ。夫婦だから、したいと思った」

祐駕さんの口から紡がれる言葉は、私に期待させる。『夫婦だから』という彼の言葉に祐駕さんの義務のようなものを感じ、少しの寂しさを覚えたけれど、それでも高鳴る胸は彼を求めていた。

祐駕さんに、キスしてほしい――。

こくりと頷くと、彼の顔がおもむろに私に近づいてくる。私はそっと目を閉じた。柔らかい感触。温かい吐息。少しだけ触れて離れていったそれは、私の心を満たしてゆく。

これが本当の愛ならいいのに。少しだけそう思ってしまったけれど、今はそんな虚しさよりも、この満ち足りた気持ちを味わっていたかった。

「ありがとう、映茉」

祐駕さんは微笑んで、もう一度私の頬をさらりと撫でる。それから、私の手を再びつないだ。

「だいぶ冷えてしまったな。そろそろ中に戻ろう」

「はい」

名残惜しさを感じながら、だけど温かい気持ちで、私は展望デッキを後にした。

羽田空港第二ターミナルの一階に戻ると、私は祐駕さんに連れられてハイヤーの乗り場にやって来た。彼が名前を告げると運転手が座席の扉を開く。いつの間に手配していたのだろう。

「家まで送れなくて悪いな」

「いいえ、平気です。ありがとうございました」

ぺこりと頭を下げ、別れがたい気持ちを押し込めて笑顔を浮かべる。

「また、ドイツで」

「はい。お仕事、頑張ってください」

私はそう言うと、ハイヤーに乗り込んだ。

「映茉もな。運転手さん、よろしくお願いします」

祐駕さんのその声に、運転手さんが扉を閉める。

ゆっくりとハイヤーが動きだす。彼は乗り場に立ち、じっと見送ってくれていた。

いつかこの結婚が、この愛が、本物になる日がきたらいいのに。そう思いながら、私は窓の外、祐駕さんが見えなくなるまで、ずっと彼の姿を見つめていた。

ドイツで彼に会える日が、もう待ち遠しい。

◆◆◆

羽田発の飛行機の中、俺は窓の外を眺めていた。

急遽《きゅうきょ》変えた予定のせいで、席はエコノミー。羽田からフランクフルトへの直通便は少なく、イギリスのヒースローで乗り継がなくてはいけなくなったが、おかげでベルリン便の予約が取れた。直前にもかかわらず空席があったことはありがたい。

俺は時間を無駄にするのが好きじゃない。予定通りに動いてこそうまくいく。そう、思っていた。

それにもかかわらず、映茉と離れるのが惜しくて、映茉を自分の妻だと確かめたくて、フライト直前だというのに、予定を変えてしまった。羽田に向かう電車の中で、必死に空いている遅い便を探したのだ。映茉には仕事かと聞かれ、つい『そんな感じだ』と恥ずかしさをごまかした。こんなこと、初めてだ。

窓の外は、まだ日の昇らない、深い青色の空が広がっている。その青色を眺めながら、俺は映茉との再会の時を思い出していた——。

俺は所用を済ませ、外務本省へ向かうために朝明台駅で乗り換え電車を待っていた。ドイツでは車に乗るが、日本ではもっぱら鉄道を使う。東京の電車はドイツと違い、時間ぴったりにやって来るからだ。

考えていたのは、数日前、ドイツの環境大臣に再度言われた言葉だ。

《私の娘なんてどうだい？》

ドイツに赴任したのは、外務省に入省して三年目の年。まだ二十五だった俺が、赴任して初めて仲よくなった年の近い女性が、環境大臣の娘だったのだ。

それから六年、同じことを言われ続けている。ここまで続くと、もう冗談なのか本気なのかわからない。さらに最近は、それを聞きつけた母までもが、『祐駕もそろそろ結婚しないといけないし、ちょうどいいじゃない』と乗り気になっている始末だ。

三十歳を越えた今、外交官にしては結婚するには遅すぎる自覚もある。だからといって、大臣の娘と、しかもお互い望まない相手と結婚なんてできない。

正直、今はまだ結婚をする気はない。恋愛や家庭を築くよりも、自分の目標のためにやることが山ほどある。そんなことを言っていたら、いつまで経っても結婚なんてできないかもしれないが、それならそれでいいとも思う。

しかし、欧州のパーティーに出席するたびにパートナーはいないのかと聞かれ、だったらと、親心的に娘を勧めてくる環境大臣に辟易《へきえき》する。外交上の問題もあるから、無下にできないのも困る。

ため息をこぼしていると、不意に子供の泣き声が聞こえた。振り返ると、子供に目線を合わせるようにしゃがみ込む、懐かしい顔があった。

咲多さんだ。同じ高校の、ふたつ下の後輩。これといって接点はないが、高校の入学試験前に人助けをしていた彼女の姿がなぜか強烈に印象に残っていたおかげで、すぐに彼女の名を思い出すことができた。〝お人よし〟。それが、高校時代の彼女の印象だ。

そんな彼女は、駅員の制服姿で、迷子と思われる子供に笑顔で接している。咲多さんらしいその行動をぼうっと眺めていると、不意に目の前をフラフラと黒い影が横切った。大丈夫だろうか。そう思っているうちに、足取りのおぼつかない男性は、体を傾ける。

危ない！

そう思った時には、彼はもう線路内に落ちていた。

慌てて咲多さんの方を振り向く。彼女は手をつないでいた、迷子と思われる男の子を抱き上げているところだった。真剣な表情で、非常停止ボタンへと走りだす彼女は格好いい。だけど、彼女は今、子供をかかえている。俺が走った方が早い。

そう思ったら、体が勝手に動いた。彼女に鞄を預け、運転士に手を振り電車を止める。それから急病人のもとに走り、救護活動を行った。

彼女と別れた後、外務本省で研修を受ける。休憩中にスマホを見ると、咲多さんからの留守電が入っていることに気づいた。

お礼がしたいと告げる彼女からの留守電に、不意に〝結婚〟という言葉が脳裏に浮かんだ。あの環境大臣のせいだ。ため息がこぼれそうになったが、これはチャンスかもしれない、とも思った。

お人よしなところは、先ほどの対応を見ても、昔と変わっていないと推測できる。それに彼女とは同じ高校の出身だ。十代の大切な時期を同じ環境で過ごしたというのはポイントが高い。それに、英語がしゃべれるらしい。考えれば考えるほど、彼女が〝ちょうどいい〟と思った。

その夜、約束したレストランで彼女を待っていると、到着した彼女は誰かともめていた。大声を出しながらも怯《おび》え、体を震えさせる彼女を放ってはおけない。慌てて助け出し、ウェイターに急遽個室を案内させた。

話を聞けば、縁談がらみで彼女も困っていると言う。だから、彼女に結婚を申し込んだ。互いにメリットがあると踏んだのだ。

しかし彼女は、『結婚』という俺の言葉にためらいを見せた。十三年ぶりの再会で、しかも、ろくに言葉を交わしたこともない男からの突然の提案なのだから、無理もないと思った。しかし彼女は、俺が想像もしなかった理由を口にした。申し訳なさそうに『両親のような〝幸せな家庭〟を築きたい』と言ったのだ。

理想を語る彼女は、キラキラとしていた。同時に、なぜか頭に、彼女と俺が寄り添っている絵が浮かぶ。しかも、それは決して悪いものじゃない。気がついたら、『努力する』という言葉を口走り、言い訳のように彼女に求婚をしていた。

なぜ、あんなことを口走ってしまったのかわからない。しかし、彼女が俺との結婚を承諾してくれて、不思議と胸が満たされた。

食事を終えた後、俺は念のために家まで彼女を送り届けようと思った。案の定、彼女のお見合い相手はロビーで待ち構えていた。対峙すると、嘘が本当のようにすらすらと口から飛び出て、自分でも驚く。しかし、アイツが喚《わめ》く声を聞きながらホテルを出て、俺は彼女を救えた高揚感からか、口走った言葉を本当に実行するために区役所へ向かった。予想だにしない自分の行動に驚き、なにをしているんだと自分にあきれた。だが、彼女のことを知っていくたびに、なぜだか胸が喜び、もっと知りたいと思ってしまう。

婚姻届を提出した夜には、俺が贈ったネックレスを着けた彼女が、俺の瞳にどうしようもなく魅力的に映った。俺だけの、特別。そう思ったら、胸の中が甘く疼《うず》いた。

彼女の髪を撫で、似合っていると告げると、彼女は途端に頬を染める。たまらなくなり、思わず背中から抱きしめた。正面から抱きしめられない俺は、意気地なしかもしれない。そう思ったけれど、腕に触れた彼女の小さな手に胸が跳ね、顔が熱くなる。このままではまずいと、抱擁を解き、冷静を装って彼女にシャワーを勧めた。

格好悪いな、俺。普段は考えないそんなことを、彼女の前では気にしてしまうのが、不思議でならなかった。

ドイツへ戻るのが、惜しい。そう思うようになったのは、誤算だった。

日本での研修はさっさと終わらせて、早くドイツへ戻りたい。在ドイツの任期が終わるまでにやりたい仕事が、まだいくつか残っている。そう思っていたのに、たった二日会えないだけで、こんなにも焦がれてしまうとは。

ドイツへ戻る今日、仕事を午前中で終えホテルに戻り荷詰めをしながら、そんなことを考えていた時、不意にスマホが震えた。ドイツの環境大臣からの電話だった。

《おはよう、ユウガ！》

陽気なドイツ語が電話越しに聞こえた。向こうは今、まだ日が昇ったくらいの時間だ。何事かと問うと、陽気な声が返ってきた。

《結婚したんだって⁉　いやぁ、驚きだよ》

自ら伝えようと思っていたことが先に伝わっていたことと、その伝わる早さに驚いたが、それ以上にこれで厄介事がひとつ減ったと安堵の息を漏らした。

《私の娘を遠回しにいつも断っていたのは、日本にかわいいフィアンセがいたからだったんだね。そうならそうと、早く言ってくれればいいものを》

《すみません。結婚がまだだったものですから》

慌ててドイツ語で紡ぐ。彼はそんな俺に、なおも上機嫌でとある提案をしてきた。

《これでユウガも既婚者だ。どうだい、今度のパーティーに連れてきておくれよ。かわいい〝奥さん〟を》

電話越しでもこんなに陽気なテンションの環境大臣は、きっと俺の結婚を祝福してくれているのだろう。朝からビールでも飲んでいそうだ。ふっと笑いが漏れて、そのことに自分で驚いた。いつもなら、面倒くさいとため息をのみ込んでいるところだ。

パーティーへの返事は濁し、環境大臣からの電話を切った。こればっかりは、自分ひとりで決められるものじゃない。映茉の仕事の都合もある。だけどもし、映茉にドイツへ来てもらう口実になるのなら、利用させてもらうのも悪くはない。そう思うと、不思議と心が躍った。

そんな気持ちで、はやる足は早々に映茉の働く朝明台駅へと向いた。おかげで、約束の三十分も前に着いてしまった。仕事終わりの約束だから、どんなに急いだって彼女が早く来れるわけがないのに。

スーツケースを足元に置き、鞄から本を取り出し時間を潰す。ふと聞こえてきた映茉の声に振り向くと、同じような制服の男性と楽しそうに話す彼女が目に入った。

アイツは、たしか――。

記憶をたどれば、彼があの日の運転士だと思い出す。彼の手が映茉の肩にのせられた瞬間、胸を嫌な感情に占拠された。

気安く触るな、映茉は俺の妻だ。

慌てて駆け寄ったが、胸の内をさらけ出すのは格好悪い。余裕のあるフリをして、笑みを浮かべた。

着替えてくると言った彼女は、戻ってきた時もソイツと一緒だった。仲よさげなふたりにイライラして、つい彼女の腰を抱き寄せた。

なんなんだよ、コイツ。

そう思うけれど、彼女にだって人間関係がある。笑顔を貼りつけてやり過ごし、それでもあふれる気持ちは彼女を縛りつけようとしてしまう。

食事中、映茉が寂しそうな顔をするたびに心が跳ねた。ドイツに来るかと提案したら、驚くほど笑顔になった。その笑みに、心がぐっと掴まれた。

あの運転士は気に食わないが、映茉は俺の贈ったネックレスを着けていてくれた。指輪を、喜んでくれた。それだけで、先ほどまでのイライラも嫌な気持ちも全部、どこかへ吹き飛んでしまう。

けれど、やはり離れ離れになるのが惜しい。それに、俺がドイツへ行っている間も、映茉はアイツと仕事をしている。そう思ったら、彼女を離したくなくてたまらなくなる。フライトを遅くしたことがばれないように最初から予定していたふうを装って、彼女を空港の展望デッキに連れ出した。ここはこの季節、平日の夜はとくにひとけが少ないが、青いライトが美しく、ロマンチックな場所である。

「もう少し、ここにいてもいいですか？」

寂しそうな顔でそう言う映茉に心を鷲掴《わしづか》みにされ、思わず風よけにという理由をつけて彼女を抱き寄せた。仕事中もネックレスをしているという彼女の一途な気持ちが、俺をたまらなくさせる。〝夫婦だから〟を理由にして、俺は彼女に口づけた。

本当はそれ以上先を望んでいたが、優しく口づけるだけにとどめた。自分の欲のままに求めたら、彼女を傷つけてしまうかもしれないから。なにより、俺たちは〝おしどり夫婦〟にならなければならない。彼女を、大切にしたい――心の中で、俺はそう強く思っていた。

彼女の乗り込んだハイヤーをじっと見送りながら、どうか離れている間も、俺のものでいてくれと切に願った。

朝日がゆっくりと水平線から顔を出す。俺は彼女が嵌めてくれた薬指の指輪を掲げた。結婚指輪なんて、結婚してるか否かを見極めるためのもの。そう思っていたが、今は、彼女との唯一のつながりを感じられる、大切なものだ。

どうか、〝仲のいい夫婦〟になれますように。――なれるよな、映茉となら。

俺は来る新しい朝に、彼女との未来を想った。

3 異国の空と、近づく心

あっという間に一か月が過ぎた。

あの日祐駕さんと別れてから、私は事あるごとに何度も左手の指輪を意識して見てしまう。そして見るたびにあのキスを思い出し、嬉しさと切なさの複雑な気持ちになり、ついあれこれ考えてしまっていた。

しかし、それでは疲れるばかりの日々。私はせっかくのドイツ旅行を、祐駕さんとの時間を楽しもうと心に決めた。

そんなふうに気持ちを切り替えて、羽田から飛行機に乗り込んだのは約十二時間前。そして今、私は生まれて初めて異国の地へ降り立った。しかも、ひとりだ。

祐駕さんの取ってくれた飛行機の便は、ミュンヘンへの直行便だった。ほとんど寝ていたから覚えていないのだが、起きたら窓ガラスが曇っていて驚いた。祐駕さんも言っていたが、どうやらこの時期のドイツはとても寒いらしい。

ともあれ、入国審査を経て到着ロビーへ進む。空港内の看板はどれもドイツ語が並び、右も左も西洋の顔立ちの人ばかりで、ちょっと心細い。しかも、やっぱり寒い。

空港の中だからそれでも幾分暖かいのだろうけれど、顔に当たる空気が冷たくてぶるりと身震いをした。

するとその時、私の名を呼ぶ優しい声が聞こえた。

「映茉」

声のした方を振り向くと、こちらに大きく手を上げる祐駕さんがいた。足の長い彼は細身のジーンズがよく似合う。その裾は黒のサイドゴアブーツの中に引き込まれ、よりいっそう彼のスタイルをよく見せている。淡いブルーのシャツの上にグレーのニットを重ねた上品な着こなしは、スーツの時とはまた違う格好よさを醸している。大勢の外国人の中で、彼は一際輝いて見えた。

「映茉、ドイツへようこそ」

周りの視線を気にもせず、当然のようにこちらに駆けてきた彼は、私の持っていた荷物をすぐさま手に取る。あまりにもスマートすぎて、遠慮する隙もなかった。

「ありがとうございます」

「どういたしまして」

私の言葉に、祐駕さんは肩をすくめて答えた。

「祐駕さんの荷物は――」

いた

「車の中にある。こっちだ」

当然のように反対の手を握られ、胸がトクンと鳴る。先ほどまで寒いと思っていたけれど、心も体も温かく――いや、熱くなってしまった。

ミュンヘンの空港内を、祐駕さんに連れられて歩く。彼は最初足早に移動していたけれど、私はその雰囲気に気を取られ、周りをキョロキョロと見回していた。すると、私に合わせて彼もゆっくりと歩いてくれた。

「すごいですね、さすがミュンヘン！」

至る所に飾られたクリスマスの飾りは、一か月後のクリスマス当日を待ちわびるようだ。空港内の広場のようなところには、小さな屋台が並んでいた。こんなところにもクリスマスマーケットがあるらしい。思わずそちらに見とれてしまうと、祐駕さんは歩くスピードをさらに緩めてくれた。

「クリスマスマーケットの本番は夜だ。ミュンヘン市街地のホテルを予約してあるから、今日は堪能しような」

「ということは、マリエン広場のクリスマスマーケットですか⁉」

「ああ」

「わあ、すごい楽しみです！」

思わずテンションが上がり、祐駕さんの手をぎゅっと強く握ってしまう。祐駕さんはそんな私に口角を優しく緩めた。おそらく、子供っぽいと思われたのだろう。

「でも、まずは映茉の行きたいノイシュバンシュタイン城からな」

祐駕さんはそう言うと、反動で緩めてしまった私の手をきゅっと握り直してくれる。

「まずはフュッセンに向かって、そこで昼食を取ろう。その後ノイシュバンシュタイン城を堪能したら、ミュンヘンに戻ってホテルにチェックインする。それから、クリスマスマーケットに行くつもりだ。その頃には、きっと日も暮れてちょうどいい時間になっているはずだからな」

「わかりました」

私はこくりと頷いたけれど、恥ずかしくて顔を上げることができなくなってしまった。

やがて駐車場にやって来る。彼の車はドイツの有名メーカーの電気自動車ＳＵＶだった。艶やかな青いボディが祐駕さんのイメージにぴったりだ。

「どうぞ」

彼に促され、助手席に乗る。日本の車とは反対側にあるから、なんだか不思議な心地がした。

「これからフュッセンに向かうが、一時間半くらいかかる。フライトで疲れていると思うから、リラックスしていて」

運転席に乗り込んだ祐駕さんがそう言うと、車はゆっくり動きだした。


「映茉、そろそろ起きてくれ」

祐駕さんの運転する車はアウトバーンを走っていたが、私はいつの間にか寝てしまったらしい。彼の声に目を開け、車の時計表示を見たら、空港を出てから二時間弱が経っていた。

窓の外は、雪がちらついている。視線を下げると、石畳の道路に建てられたパステルカラーの壁の家々が窓越しに見えた。まるでおとぎ話の中に迷い込んでしまったような、かわいらしい街並みが続いている。その辺に妖精が飛んでいると言われたら、信じてしまいそうだ。

「フュッセンに着いた」

祐駕さんはそう言うと、路肩に車を止めた。

フュッセンはミュンヘンの南西にある街だ。ここからノイシュバンシュタイン城まではバスと馬車を乗り継ぎ、四十分ほどかかるらしい。ノイシュバンシュタイン城の周辺に駐車場はないから、この街に車を止めていくのだ。

「ここで昼食を取るんですよね。素敵な街ですね！」

思わず前のめりになりそう言うと、祐駕さんはクスリと笑った。

「ごめんなさい、ついテンションが上がってしまって。祐駕さんには、見慣れた景色でしたよね」

「いや、この辺りは滅多に来ないから、俺も新鮮で楽しい」

そう言いながら、祐駕さんは持っていたダウンジャケットを着込んだ。

「ロマンチック街道の終着点としても有名な街なんだ。昨今のドイツは観光に力を入れているから、こういうところもどんどん整備されている」

へえ、と思いながら、私もマフラーを巻いて車を降りる。東京の真冬のような寒さが足裏からやってきて、思わずぶるりと震えた。だけど、同時にこの美しい街並みをずっと見ていたい衝動にも駆られた。

「すごい、本当に素敵な場所……」

騙し絵のように描かれた出窓の壁画にうっとりしていると、近くにあった券売機で駐車料金を払っていた祐駕さんが戻ってきて、不意に腰を抱き寄せられた。

「こうした方が、温かい」

「そ、そうですね」

祐駕さんの温かさよりも、上がった自分の熱を感じてしまった。

カフェで簡単に昼食を取ると、山の麓へとバスで移動した。バスを降りると、山の上に一円玉くらいの大きさのノイシュバンシュタイン城が見えた。

「わあ、本物のお城だ……」

吐く息が白い。それ以上に真っ白に見えるお城に、私のテンションはどんどん上がっていく。

それから、観光用の馬車に乗って移動した。屋根はついているけれど窓のない馬車は風をきり、その風がじかに当たるためとても寒い。それでもワクワクしていた私は、木々の向こうにちらちらと覗く白亜のお城にくぎ付けだった。おかげで、降りる時には耳が痛いほど冷たくなってしまった。

耳を両手で包みながら馬車を降りようとすると、先に馬車を降りていた持月さんが、まるでエスコートするようにこちらに手を差し出してきた。

「それじゃ危ない」

「あ、ごめんなさい」

差し出された左手に自分の右手をのせると、祐駕さんはそのまま私の手を包んだ。流れるように私をエスコートして馬車から降ろしてくれた祐駕さんは、歩道の端に寄り、そこで立ち止まった。

「手、やっぱり冷たくなってるな。雪もちらついてるし、今夜はもっと寒くなる」

「あ、はい……」

ぼうっとしてしまい、返事が適当になってしまった。すると、祐駕さんは私の顔を覗き込んでくる。

「どうした？」

「なんでもないです！」

慌ててかぶりを振った。お城の前で馬車から降りる。そんなシチュエーションでのエスコートが王子様みたいだと思った、だなんて、言えるわけない。

祐駕さんはそれから、引き換えてくれたチケットを私に手渡した。

「ガイドは俺でいいか？」

「もちろんです！」

私は目の前に聳《そび》える西洋の巨城を前に、つながれたままの王子様の左手を、きゅっと握り返した。

王族というのは考えることがわからない。白鳥城と呼ばれるにふさわしい真っ白な外壁の壮厳な外観とは異なり、お城の中は金が多用されどこもかしこも輝いている。それでも落ち着いて見えるのは、その金色が少し暗めの色味なのが影響しているのだと思う。随所に絵画があしらわれ、どの部屋にもシャンデリアがぶら下がっているが、絢爛な内装はどこか物悲しさも感じる。

祐駕さんはそれぞれの部屋を解説しながら、私の手を引き城内を案内してくれた。博識な彼のガイドに、へえ、と、知見を深めながら歩いてゆくと、やがて屋内テラスへ出た。

白鳥の描かれた大きなガラス戸の向こうには、放牧地と湖が望める。その向こうは、先ほどいたフュッセンの街らしい。粉雪のちらつく美しいバイエルンの景色。綺麗だなあと眺めていると、祐駕さんがふと口を開いた。

「この城の築城主の国王は、芸術を愛し、国政を放って趣味ばかりを優先したゆえ狂王とも呼ばれている。だが――」

祐駕さんは口をつぐんだ。振り向いた先で、彼は一度顔を伏せまた上げる。その表情は、なぜかもの悲しく、儚げだ。

「――戦争によって人が傷つくことを嫌い、それでも勃発する戦争に心を痛めていたとも聞く。この場所は、芸術を愛した城主の想いがたくさん詰まっていて――だから、城主の心の砦《とりで》みたいなものだったのかもしれないな」

「そうなんですね……」

このお城に足を踏み入れた時に感じた物悲しさは、そこに起因しているのかもしれない。私は、もうここにはいない、築城主に思いを馳せた。

「戦争なんて、なければいいのに」

つい、ぽつりとそんな思いがこぼれ出た。するとしばらくして、私の頭にぽすっと、優しい大きな手がのる。

「まったくだ」

見上げた祐駕さんは、哀愁に浸るようにバイエルンの景色を眺めている。けれどすぐにこちらに微笑むと、頭の上にのせていた手で私の手を握り、順路に従って次の部屋へと歩きだした。

次の部屋は、とても大きな広間だった。目を引くのは、天井からつるされた四つの巨大なシャンデリアだ。

「ここはオペラを公演するために、音響も考えて造られているらしい。城主はひとりで楽しむつもりだったようだが」

豪華絢爛な造りに目を奪われていたが、祐駕さんの説明が引っかかる。

「こんなに広いのにひとりで、ですか？」

「ああ。彼は孤独王としても有名だからな。だが、俺なら――」

祐駕さんは突然つないでいた手を離し、私の前にひざまずく。突然の彼の行動に驚き固まっていると、祐駕さんは私の右手を優しく取り、その甲にキスを落とした。

「一曲踊っていただけますか、プリンセス」

「え……？」

突然の王子様然とした彼の振る舞いに、脳が混乱する。だけど、先ほど彼を王子様みたいだと思ってしまったからか、堂々とした所作が余計に格好よく見えて、私の鼓動を加速させた。

顔が熱い。いや、全身が熱い。まさか、彼は本当にこのまま私と踊るつもりなのだろうか。それも、素敵でいいかもしれない。

いろいろな考えが頭を巡り、固まったままうまく反応できずにいると、祐駕さんは楽しそうに口元をほころばせ、立ち上がる。

「――という、舞踏会をするイメージがある」

まさか、本当に踊るわけはない。それなのに、脳内であれこれと妄想し、舞い上がってしまったことが恥ずかしい。

周りの視線から隠れるように、ぽーっと湯気が出てきそうな頭を亀のごとく引っ込めながら、その後もクールに説明を続ける祐駕さんに必死に耳を傾ける。この柱は御影石《みかげいし》だとか、大きな燭台は真鍮に金メッキなのだとか説明してくれるけれど、私の耳には右から左に抜けていく。その代わりに、つないだ手から伝わる彼の体温に、胸がドクドクと鳴る音ばかりが聞こえて仕方なかった。

どこか夢を見ているような心地で見学を終えた後、お土産を買い、お城を出る。だけど、なんとなく離れがたくなって、もう一度お城を振り返った。

「満足いただけましたか、プリンセス」

感動に浸る私の腰を抱き寄せ、祐駕さんは唐突に王子ぶる。そんな祐駕さんに、私はときめきっぱなしだ。


バスでフュッセンに戻り、再び祐駕さんの運転でミュンヘンの市街地へと出発した。彼の運転はとても静かで穏やかだ。あろうことか、私はまた眠ってしまったらしい。不意に目が覚め、ステアリングを握る祐駕さんが目に入り、慌てて謝った。

「ごめんなさい、また寝てしまいました……」

祐駕さんはそんな私に、クスクス笑った。

「かまわない。むしろ、長いフライトで疲れているのに、強行スケジュールで悪いな」

明日はベルリンに戻り、夜のレセプションに出席する。その翌日、祐駕さんは仕事があるから、彼とはそこでお別れだ。ひとりで観光しようかとも思ったけれど、知らない土地にひとりでは心細いので帰国することにしている。

「いえ、観光はついでみたいなものだと思ってるので。むしろ、わざわざ時間つくってくれたんですよね。本当にありがとうございます」

言いながら頭をぺこりと下げると、祐駕さんの右手が頭に伸びてくる。ぽんぽんと優しく触れると、祐駕さんはその手をステアリングに戻した。

「もうすぐ、ミュンヘンに着く。お待ちかねの、クリスマスマーケットだ」

「はい！」


やがてやって来たホテルで、祐駕さんは車をバレットに預ける。荷物もポーターに預けると、祐駕さんはカウンターでチェックインを済ませてくれた。

その間、私は足を踏み入れてしまったホテルのロビーで、暖炉のパチパチという温かな音を聞きながら、しきりにキョロキョロと館内を見回していた。

外観だけでも一目で高級だとわかる老舗ホテル。その窓の外には、ミュンヘン新市庁舎が見えている。ということは、マリエン広場はすぐそこ。ミュンヘン新市庁舎の前にあるのだ。

そしてそこは、ミュンヘンで一番大きなクリスマスマーケットの会場でもある。ワクワクしながら窓の外の市庁舎を眺めていると、不意に祐駕さんに声をかけられた。

「クリスマスマーケットもいいが、まずは部屋、な」

その言葉に、恥ずかしくなる。私はどれだけ、楽しみにしているのだろう。

ホテルマンに案内され、祐駕さんと私は宿泊する部屋へとやって来た。ホテルマンが開けた扉の先、私の目に飛び込んできたのは、このホテルの最上階特有という屋根型に曲がった大きな窓だ。エメラルドグリーンのベルベットが美しいソファと共に置かれたガラス製の猫足ローテーブルの上には、ウェルカムシャンパンが冷えている。

その向こう、一段高い場所はベッドルーム。ロイヤルブルーに輝くキングサイズのダブルベッドが鎮座していた。

私は思わず窓辺へ向かい、窓の外を眺めた。日の入りの早いミュンヘンは、もう夜の空気をまとっている。ライトアップされた市庁舎が美しく、ネオゴシック調の窓が幻想的な濃淡を生み出す。その周りに見えるミュンヘンの街並みとクリスマスマーケットの屋台は、まるで市庁舎の子供たちのようだ。

「映茉、こちらに」

振り返ると、祐駕さんはシャンパングラスを掲げていた。ホテルマンもボトルを軽く上げて、私を促す。

「ごめんなさい、つい」

ふたりに笑顔を向けられ、恥ずかしい。だけど、とても素敵な部屋に胸がいっぱいだ。ホテルマンがグラスにシャンパンを注いで出ていってから、私たちは「ミュンへンの夜に」乾杯をした。

「本当に感激しました。まさか、こんなに素敵な部屋なんて」

ソファの上、祐駕さんの隣。改めて部屋を見回していると、祐駕さんは私の腰を抱き寄せた。

「映茉と初めての、小旅行だからな」

突然の距離にトクリと胸が甘く鳴る。

「祐駕さん……」

彼の方を振り向く。部屋内に甘い空気が漂う。鼓動がどんどん高鳴って、胸が悲鳴を上げた。だから私は、慌ててシャンパンを飲み干し立ち上がる。

「クリスマスマーケット、早く行きたいです！　グリューワイン、楽しみにしてたので！」

祐駕さんの手を引っ張ったけれど、恥ずかしくてしょうがない。

「ああ、そうだったな」

そう言う祐駕さんは、余裕の笑みを浮かべている。嬉しい反面、少し切なくなった。

夜に備えて厚手の服を着込み、ホテルを出た。雪はやんでいたけれど、やっぱり外は寒い。それでも、私はこれから向かうマリエン広場に広がるクリスマスマーケットの明かりを前に、心を躍らせていた。

《ユウガ？》

誰かに名前を呼ばれた祐駕さんは、声のした方を振り向く。私も同時に振り返ると、道の向こうから、長いストレートヘアを風に揺らす、小綺麗な女性が小走りでやって来た。私の胸に、ざらりとした感情が湧き上がる。

彼女は祐駕さんに、ドイツ語でなにか話しかけている。なにを言っているかわからない私は、じっとその女性を観察していた。

艶やかなアッシュブラウンの髪はセンターで分けられ、その下にはきりっとしたブラウンの眉が存在感を放っている。彫りの深い目元はくっきりとした二重で、意志の強そうなそれは彼女の聡明さをアピールしているようだ。かっちりとしたパンツスーツは、脚の長い彼女にとても似合っている。かっこいい。そんな第一印象を抱いた。

祐駕さんとどういう関係の女性なのかわからないが、はたから見ていると彼とつり合いのとれた、大人の女性という感じがする。会話をするふたりは親しげで、私は蚊帳の外に追いやられたような気分になった。

さらに会話の中身がドイツ語で、私にはまったく理解できない。私にとっては異国のこの国が、祐駕さんにとってはホームなのだと思い知らされる。思わずため息をこぼしそうになった、その時。

《……エマ、――》

会話の中に私の名前が出てきたような気がして、顔を上げた。すると、祐駕さんが私の腰をぐっと引き寄せる。彼女はわかりやすく目を丸くし、それから笑顔で祐駕さんに二、三言短くなにか言うと、急にこちらに申し訳なさそうな顔をした。

「ゴメンナサイネ」

「あ、いえ、大丈夫です……」

私がそう言い終わらないうちに、彼女は元いた方へと戻っていく。私はきょとんとしたまま、小さくなっていく彼女の後ろ姿を見ていた。

「悪いな、せっかく楽しみにしていたのに出鼻をくじいてしまった」

「いえ、大丈夫です。彼女は、お仕事の関係の方ですか？」

知的な雰囲気を醸していた。きっと、そういう関係の方だろうと思う。

「ドイツに赴任した時にこっちの大学で学ぶ機会があったんだが、彼女とはその時に知り合ったんだ。よく、議論を戦わせていた」

そう言うと、祐駕さんはため息をこぼした。

「彼女は今、ドイツの特許商標庁に勤めているんだが、そういえば本部がミュンヘンだったなと、先ほどの会話で思い出した」

「そうなんですね」

答えながら、彼女が祐駕さんと恋人関係にあったわけじゃないことに安堵し、同時に、私の知らない彼を彼女が知っているという事実に胸がモヤっとした。

だけど、仕方のないことだ。私の知っている祐駕さんは、高校時代のあの一年のみ。再会してからは、日本で共に過ごしたあの少しの時間だけなのだから。

彼女がカタコトの日本語で私に謝ってきたのは、きっと夫婦の時間を邪魔してしまったことに対するお詫びだったのだろう。彼女の目には、私と祐駕さんは夫婦に見えなかったのかもしれない。そもそも、私は彼にとって偽装の結婚相手だ。彼の大人な振る舞いに胸を高鳴らせてしまったが、私たちの間に愛はない。急に現実を突きつけられたようで、胸が苦しくなる。

「さて、長話をしてしまった。クリスマスマーケットに行こう」

祐駕さんはそう言うと、私の腰を抱いたまま歩きだす。目の前には、きらきらと輝く屋台たちが見えている。私は胸のモヤモヤを押し込めて、マーケットを楽しもうと自分に気合を入れた。

マリエン広場に広がる、無数の屋台たち。その屋根にはどこも電飾が飾られ、キラキラと輝いている。私たちは手をつないで、クリスマスマーケットを散策していた。最初は腰を抱かれていたのだけれど、あれこれと屋台に目移りするうちに、手をつないだ方が動きやすいからと祐駕さんに断った。だけど本当は、彼の振る舞いをこれ以上勘違いしないように、自分を戒めるためでもあった。

しかし、屋台から立ち上る湯気やいい匂いを感じていると、そんな戒めも忘れてしまうほど、ワクワクしてくる。

「やっぱり、キリストモチーフの小物が多いんですね」

クリスマスマーケットには食べ物の屋台もあるが、雑貨の屋台もある。クリスマスマーケット自体がクリスマスの準備をするためのマーケットだから、家を飾りつけるための小物が多いのも納得だ。食べ物の屋台が増えたり、お祭り要素が加わったりしたのは、ドイツの観光庁による施策で、観光客向けに増えたのだと祐駕さんは教えてくれた。

「これはなんですか？」

とある屋台につるされた、ハート型の大きなクッキーのようなものを指さした。これは飾りなのか、それとも食べ物なのか。

「レープクーヘン。クリスマスの飾りだ。はちみつや様々なスパイスを入れたクッキーみたいなもので、食べることもできるが――」

祐駕さんが不意に言葉に詰まったので、私は彼の顔を覗いた。

「――俺はあんまり、好きな味じゃない」

そっぽを向いてそう答える祐駕さんは、なんだかかわいい。思わずふふっと、笑ってしまった。

「祐駕さんでも、苦手なものってあるんですね」

「そりゃ、あるだろう」

「なんだか意外です。やることなすこと全部、どこからどう見てもスマートだったので」

「俺をなんだと思ってるんだ？　人間だぞ」

くだらない冗談に互いに笑い合いながら、私たちはクリスマスマーケットを進んでいく。

「ちなみに、おすすめの食べ物ってありますか？」

すると、祐駕さんはうーん、と少し考えてから、口を開く。

「クリスマスマーケットの定番といえば、やはりライベクーヘンだな」

「らいべくーへん、ですか？」

聞き返すと、祐駕さんは辺りを見回し、「こっちだ」と私の手を引いた。

祐駕さんが並んで買ってくれたのは、薄茶色の揚げ物だった。琥珀色《こはくいろ》のクリームが添えられている。道の端に移動すると、「このムースにつけて食べるんだ」と、祐駕さんはまだ湯気の立つそれに琥珀色のクリームをつけて、ぱくっと一口食べた。

「うん、うまい」

途端に祐駕さんの柔らかい笑顔が浮かび、私も食べてみたい欲に駆られる。

「これ、なんですか？　唐揚げ？」

「当ててみてくれ」

　祐駕さんは言いながら、クリームをつけたそれを私の口元に近づけてきた。まるで恋人のようなシチュエーションに、胸が高鳴る。ドキドキしながら口を開くと、祐駕さんの手がこちらに近づき、口の中にライベクーヘンが入ってきた。前歯でかじると、サクッと音がして口の中でほろほろとほぐれてゆく。

「これ、じゃがいもですね！　ハッシュドポテトに似てます」

「正解」

　祐駕さんは顔を上げ答えた私に、頬をほころばせた。

「このクリームはなんですか？　甘酸っぱくて、これにぴったりなんですけど、初めて食べた味です。なにかのフルーツみたいですけど――」

「それは、りんごだ」

「りんご！」

　驚きすぎて、言葉を覚えたての子供みたいになってしまった。そんな私の反応に、祐駕さんはケラケラと笑う。

　こういうの、なんだかいいな。不意に、そんなことを思った。おしどり夫婦だった父と母の姿が、脳裏に浮かぶ。胸に描いていた〝幸せな家庭〟。私たちに愛はないが、それに少し近づけているような気がした。

ライベクーヘンがあまりにもおいしかったので、お代わりするために祐駕さんともう一度屋台の列に並んだ。ふたりでそれを頬張りながら、今度は祐駕さんのおすすめだというシャンピニョンの屋台に並んだ。バター風味のソースがかけられたマッシュルームに、スライスしたパンがついている。

「うまいだろう、これも」

「はい、もう最高です！」

そう、答えたのだけれど、言ってからはっとした。

「あの、もしかしてこの後、レストラン予約してたりします？」

日本にいた時も、ドイツに来てからも、祐駕さんはスマートに事を運ぶ。もしかしたら、と不安が胸をよぎったのだ。

「映茉がクリスマスマーケットを楽しみにしているとわかっていたから、今夜は予約していない。ここで思う存分、食べて楽しもうな」

祐駕さんは大きな口を開けて、シャンピニョンを頬張る。そんな祐駕さんを、思わずじっと見てしまった。

私のために、いろいろ考えてくれていた。そんな彼の気遣いに、胸からなにか温かいものがじわんとこみ上げて、つい頬が緩んでしまう。

「ありがとうございます」

「こういうのは、現地で楽しむのが醍醐味《だいごみ》だからな。学園祭とか、日本のお祭りグルメと同じだ」

「はい！」

それからも、私たちはクリスマスマーケットの屋台グルメを堪能した。寒い中で食べる熱々の屋台料理は、どれもとてもおいしい。

「わあ、りんごあめも売ってるんですね！　こっちはチョコバナナだし、わたあめもある！」

不意に日本のお祭りと同じような屋台を見つけて、テンションが上がった。

「こういうものは、世界共通なのかもな」

祐駕さんはクスクス笑っている。それで、私もつい笑ってしまった。

その隣の屋台では、手のひらにおさまる程度のかわいい人形のようなものを売っていた。

「これはなんですか？」

それはぱっと見、豚やテントウムシを模した、キャラクターのフィギュアのようなるものだが」

「ああ。日本だと、そういう使い方が多いな。これは、食用じゃなくて置物として飾

「マジパンって、あのマジパンですか？　ケーキの上に、よくのってる」

「これは、マジパンだな」

ものだ。

祐駕さんはそう言うと、そのひとつを手に取った。

「本当だ、Marzipan って書いてありますね」

私が驚きそう言うと、祐駕さんはふふっと笑う。

「ドイツ語だと、マルツィパーンだ。ドイツだと年末年始、来る年に幸せが訪れるようにと、豚やテントウムシなどのラッキーチャームを身近な人に贈る習慣があるんだ」

「このきのこもラッキーチャームなんですか？」

「ああ。それは、ラッキーマッシュルームというんだ」

私もひとつ手に取ってみる。にかっと笑った豚のキャラクターになんとなく既視感があり、思わず笑ってしまった。志前君に、似ている。

「お土産にしようかな」

「いいんじゃないか？」

私のつぶやきに祐駕さんがそう答えたから、私はマジパンを四つ購入した。母に、志前君に、それから朝明台駅の駅舎に、あとは自分用だ。すると、祐駕さんもふたつ購入していた。

「誰かにあげるんですか？」

「いや、映茉を見ていたら、俺もひとつ欲しくなったんだ。今日の記念に自分用に、それからついでに親に送ろうと思う」

お会計を終えると、祐駕さんはもう一度私の手を引いた。

「そろそろ、映茉の楽しみにしていたアレの店に行こうか」

祐駕さんが連れてきてくれたのは、グリューワインの屋台だった。グリューワインとは、赤ワインにオレンジやりんごなどのフルーツ、シナモンやクローブといったスパイスを加えて温めたホットワインのことだ。ドイツの寒い冬の夜、体を温めてくれるグリューワインはクリスマスマーケットの定番なのだと、ガイドブックに載っていた。それを見てから、ぜひ現地で飲んでみたいと、彼に伝えていたのだ。

祐駕さんは、ワイン農家が作るグリューワインの屋台を選んでくれた。彼いわく、ここは地元のワイナリーが出している屋台で、普通のグリューワインと違い、醸造所のワインで作る〝ヴィンツァーグリューワイン〟が味わえるのだそう。なにもかも初めてで、彼の説明を聞いているだけでワクワクする。

「マグカップは返せばお金も戻ってくるが、そのまま持って帰ることもできるんだ。どれがいい？」

祐駕さんの指さした先には、ミュンヘンの街並みがデザインされたもの、クリスマスツリーが描かれたものなど、いろいろな絵柄のマグカップが並んでいる。私の目を引いたのは、緩いイラストでノイシュバンシュタイン城が描かれたカップだった。赤色と青色がある。

「私、これにしようかな」

私が赤色を指さすと、祐駕さんは青色を指さした。

「じゃあ、俺はこれ」

お揃いを選んでくれたことに驚き、思わず彼の方を向く。すると、思ったよりも近くに祐駕さんの顔があった。目が合った途端にニコリと微笑まれ、急に心臓が騒ぎだす。

「お揃いだな」

「はい」

赤くなった顔を隠したくて、私は店主が手渡してくれたグリューワインに早々に口をつけた。甘くスパイシーな香りが鼻を抜け、温かいワインがゆっくりと喉を通っていくと、体の芯からじんわりと温まってくる。けれど、そんなものがなくても、私はもう体が熱くてしょうがない。どぎまぎしていると、不意に祐駕さんがポケットからスマホを取り出した。

「悪い、仕事の電話だ」

祐駕さんはスマホの画面を確認すると、そのまま電話に出てしまう。そして、話しながらその場を離れ、屋台の脇に移動した。どうやら、重要な話だったらしい。

だけど、私はそれでほっとした。ちょっとだけクールダウンできそうだ。空いている方の手で自分を扇《あお》ぐと、思ったよりも冷たい空気が頬に当たる。ふう、と息をつき、呼吸を整えていると、不意に背後から英語で話しかけられた。

《あの、すみません》

振り向くと、そこには小さな女の子が立っていた。

「イマ、ナンジ？」

日本語だ。私は彼女に目線を合わせるためにしゃがみ、首をかしげた。すると、女の子はどこかを指さす。彼女の指の先をたどると、そこにはバス停があった。

「ジカン、シリタイ！」

「ああ、時間ね！」

 私はスマホを取り出して、その画面を女の子に見せようと差し出した。しかし、そのスマホはすぐに後ろから伸びてきた大きな手に取られてしまう。

ドクリと、心臓が嫌な音を立てた。背筋が凍りそうになる。そのまま動けずに固まっていると、女の子は急に私に背を向け走り去り、暗闇へと姿を消していった。

「スマホ、すられるぞ」

振り向いた先には、祐駕さんがいた。彼の手には、私のスマホが握られている。

「今の子、スリなんですか?」

「ああ、おそらく」

私にスマホを差し出しながら、祐駕さんはそう言った。

「でも、あんなに小さな子が? 私、ただ時間を聞かれただけですよ?」

半信半疑で言うと、祐駕さんは顔をしかめる。

「なんで東洋系の顔の映茉にわざわざ聞いたのか、考えなかったのか? そもそも、映茉はドイツ語がわかるのか?」

「そういえば、英語と日本語でした」

私の言葉を聞いて、祐駕さんはため息をこぼす。

「こういうスリの手口が最近増加してるんだ。ミュンヘンは比較的安全な街だが、この時期は観光客も増えるから、スリも増える。気をつけた方がいい」

「はい、わかりました」

そう言ったけれど、なんとなく胸の中がモヤモヤしてしまう。あんなに小さな子が、スリだなんて。

「貧富の差は、時に人を狂わせるのかもしれないな」

私は相当顔を歪ませていたらしい。祐駕さんはそう言うと、私の肩をぽんと叩いた。

それからしばらく、クリスマスマーケットを散策していたのだけれど、胸の内ではなんとなくあの少女が気がかりだった。しかし、彼女のことを憂えても仕方ない。少女との出来事は忘れることにして、私は再び気になった屋台を巡り、祐駕さんとクリスマスマーケットを楽しんでいた。

「あ」

すると、道の先にあの少女を見つけた。観光客らしき人に、なにかを話しかけている。

「祐駕さん、あの——」

彼の名を呼び、目配せをする。視線で少女がいることを伝え、それから彼の手をきゅっと引いた。どうしても、少女が気になってしまう。

「……わかった」

祐駕さんはそう言うと、こちらに優しい笑みを浮かべる。それから、私の手を引いて少女のもとへと向かった。

祐駕さんが話しかけると、少女はぴくりと肩を揺らして逃げようとした。しかし、祐駕さんはその少女の行く手を遮り、なにかを話しだした。

ドイツ語だから、なにを話しているのかはわからない。しばらく会話をしていたふたりだったが、祐駕さんが不意にポケットに手を入れ、先ほど買ったマジパンを少女にふたつ差し出した。すると少女は表情を変えずにそれを奪うように取り、再び路地の向こう、暗闇の中に去っていった。

祐駕さんは観光客を守っただけでなく、少女に〝幸運のチャーム〟を渡した。その行為は、きっと彼の優しさなのだと思う。まるで、サンタクロースみたいだ。

祐駕さんの優しさが、あの少女を変えるきっかけになればいいな。そんなことを思いながら、私は口を開いた。

「祐駕さん、ありがとうございました」

「礼を言われることは、なにもしていない」

「でも、私の気持ちを汲《く》んでくれましたよね」

そのことを思うだけで、胸がじんわりと温かくなる。

「そろそろホテルに戻ろうか。たくさん歩いて、疲れただろう」

「はい」

祐駕さんは、私のちょっとだけ前を歩く。だけど、手はつながれたままだ。クリスマスマーケットを後にするのは寂しいけれど、心は温かい。私はホテルに戻る道中、祐駕さんとつないだ手を、ぎゅっと強く握り返していた。


ホテルの部屋に戻り、上着を脱ぐ。部屋の中は温かく、思わずほっと安堵の息が漏れた。

窓の外には、まだライトアップの消えないミュンヘン新市庁舎が見える。窓の下を覗くと、クリスマスマーケットの屋台の明かりはぽつぽつと消え始めていた。

「クリスマスマーケット、楽しかったです。ほかの場所も、こんな感じなんですか？」

聞きながら、振り返る。祐駕さんは思ったよりも近くに立っていて、その近さに私は息をのんだ。

「ああ。場所によって多少の違いはあるかもしれないが、どこも同じような感じだ。ただ、クリスマスが近くなってくると、もっと盛り上がってきて人出も増える」

「な、なるほど……」

あまりにも近い距離に、思わずどもってしまう。面と向かって彼の顔を見られないのは、先ほどまでの開放的な空間から、ふたりきりの空間に来てしまったからだろう。

この場所には、私たちのほかに誰もいない。それが余計に、私の胸を高鳴らせた。

恥ずかしくなった私はもう一度、窓の方へ向き直った。しかしすぐ、窓に映った祐駕さんと目が合う。

「疲れてないか？　今日はたくさん歩いただろう」

「大丈夫です。普段から立ち仕事なので、歩くのには慣れてるんです」

ふくらはぎのあたりが少し変な感じがするが、疲れではなくドイツの寒さと慣れないブーツのせいだと思う。

「そうか」

祐駕さんはそう言うと、私の髪をさらりと撫でた。

「それに、とても楽しかったので、なんだかまだ興奮してるというか、全然疲れも感じていないというか」

言いながら、今日のことを思い出して頬がにんまりと緩んでしまう。ノイシュバンシュタイン城は素敵な場所だったたし、クリスマスマーケットも初めてなのに堪能できた。全部、祐駕さんのおかげだ。

「ありがとうございます。こんなに、素敵な旅を」

振り返り、彼にぺこりと頭を下げげた。駅員をしているだけだったら絶対に味わえなかった非日常を、祐駕さんは私に見せてくれている。ドイツに来て、よかったと思う。

頭を上げると、祐駕さんは目の前で優しく微笑んでいた。その表情の優しさに、トクリと胸が甘く鳴る。

「こちらこそ、ありがとう。映茉がドイツに来てくれて、俺も嬉しいんだ」

祐駕さんは言いながら、再び私の髪をさらりと撫でる。彼の優しい手の温もりにぞくりと体が震え、急に顔が熱くなった。だけど、なぜか私は彼の瞳から目を逸らせなかった。ずっと見ていたいと思った。無性に、離れたくないと思った。

「映茉、素敵な時間をありがとう」

「はい」

その言葉に、心が震えた。訳もなく、目頭が熱くなった。

「どうした？」

祐駕さんはそう言いながら、私の右頬に左手を添える。彼の薬指についた指輪がひんやりとして、頬の熱を冷ましてくれる。祐駕さんはそのまま、親指の腹で優しく、目尻からこぼれ出しそうな涙を拭ってくれた。

「なんだか、感激してしまって……」

そう言うと、祐駕さんはほうっと息を漏らす。彼の右手が、私の肩を優しく抱き寄せた。

「キスをしても、いいか？」

その言葉に、鼓動が暴れだす。これはいったい、なんのキスなのだろう。ふと、そう頭をよぎった。だけど、目の前の彼の優しい笑みを見ていると、そんなことはどうでもよくなってしまう。偽装だとか、愛がないだとか、そういうことを考えるのをいっさいやめて、この時に身を委ねてしまいたくなる。

「はい」

そう小さく頷くと、次の瞬間、祐駕さんの唇が私の唇に優しく触れた。唇はすぐに離れてゆく。

そっと目を開けると、目の前に彼の瞳があった。優しく愛でるように見つめられ、吸い込まれてしまいそうになる。もう、余計なことを考えるのはやめようと思った。

今はただ、この幸せと胸の高鳴りに酔っていたい。

「祐駕、さん……」

　思わず彼の名をつぶやく。すると、もう一度彼の唇が私の唇に落とされた。今度は、一瞬じゃない。触れ合った唇から彼の温もりを感じ、鼓動は高鳴る。だけど、離れてほしくない。私は思わず彼のグレーのニットの裾を、きゅっと握ってしまった。

　その瞬間、彼の唇は私から離れる。しかしすぐに、もう一度口づけを落とされた。今度はついばむように何度もキスを落とされ、思考が蕩《とろ》けてゆく。彼のキスに応えるように薄く唇を開くと、そこから祐駕さんの舌が侵入してきた。たまらずに彼の舌に自分の舌を絡める。そうして、キスはどんどん深くなる。

　どのくらいそうしていたのだろう。腰がくだけそうになりふらつくと、祐駕さんの唇が離れ、彼の腕が私を抱きしめるように支えてくれた。それでも、私はじっと目の前の彼を見つめていた。もっと彼と触れ合っていたい。そう思っていると、彼の瞳が優しく、けれども情熱的に揺れた。

「なあ、いいか？」

　祐駕さんのその一言に、胸が一際大きく跳ねる。

「はい」

こくりと頷くと、祐駕さんは私を優しく抱き上げ、ベッドまで運ぶ。それから、まるで壊れ物を扱うかのように、丁寧にベッドの上に下ろしてくれた。

「祐駕さん……」

私の上に覆いかぶさった祐駕さんに、たまらず両手を伸ばした。そのまま彼の首元を抱き寄せると、彼も私の背に手を差し込み、優しく私を包んでくれた。彼の体温を感じ、火照っているのは私だけじゃないと安堵する。

彼からの深いキスに再び酔いしれていると、彼の手が私の服の裾をまくり上げ、素肌に触れた。思わず体がぴくりと震える。じっと見つめられ、鼓動はどんどん加速してゆく。

「かわいい」

祐駕さんはそう言うと、私の胸元にキスを落とし、そのまま私の服を取り去った。自分の服も脱ぎ捨てると、祐駕さんは不意に私の鎖骨のあたりを指でなぞった。そこには、あの日、彼にもらったネックレスがきらめいている。

「ずっと、着けてくれていたのか？」

「もちろんです。いつも、肌身離さず着けていました」

「そうか。ありがとう、嬉しいよ」

すると、祐駕さんは指で触れていたあたりに唇を落とした。それは、チリリと優しい痛みを落として去ってゆく。

あられもない声が漏れ、恥ずかしくて口元を隠したら、戻ってきた祐駕さんの唇が私の手をどかし、再び私の唇を塞いだ。

「映茉が、欲しい」

唇が去っていくと、祐駕さんは私の耳元でそう囁く。

「はい」

私が答えると、祐駕さんはゆっくりゆっくり、まるで宝物のように優しく私を溶かし始めた。

幸せに蕩けながら、まるでたくさんの愛を受け取るように、祐駕さんの愛撫に身を任せる。肌を優しく伝う長い指の感覚と、熱のこもった彼の視線に溶かされ、視界がぼやけていく。じわんと目尻からあふれ出した涙は、祐駕さんがすべてキスで拭ってくれた。

やがて優しく愛しい腰つきは、私の中に昂ぶりを差し込む。蕩けるように何度も突き動かされて、そのたびに甘い声が漏れた。思わずシーツにしがみつくと、祐駕さんはそれを取り去り、指を絡めるようにして私の両手を握ってくる。同時に、胸の奥までからめとられたみたいな、一途な想いを感じて幸せで満たされる。

彼の体温に溺れ、その愛しい熱に、体を委ねる。再び雪の降りだした静かな異国の夜、私たちは初めてひとつに溶け合った。


翌朝、目が覚めるとベッドにひとりきりだった。体を起こし、伸びをすると上半身裸の祐駕さんが首にかけたタオルで頭を拭いていた。

「わあ、ごめんなさい！」

慌てて布団を頭までかぶる。するとベッドの左側が軋《きし》み、祐駕さんがそこに腰かけたのだと悟った。ペラリと布団をめくられ、慌てて胸元を隠す。一糸まとわぬ姿だ。恥ずかしい。

「今さら恥ずかしがらなくてもいいだろう」

「で、でも！」

昨夜はすべてをさらけ出し合ったとはいえ、もう時間が経った。そして昨夜の情事を思い出し、余計に顔が熱くなる。祐駕さんは口角を優しく緩め、私の上になにかをバサリとかぶせた。バスローブだ。それで、はっとした。

「早く出るんでしたよね。私も、急いで支度しますね」

今日はベルリンに戻り、夜にはレセプションに出席する。ドイツに来る前に祐駕さんにベルリン観光をしたいか聞かれ、ぜひしたいと答えた。その時に、二日目の朝が早くなることを伝えられていたのだ。

「ああ、悪いな」

祐駕さんがそう言って背を向けた隙に、さっとバスローブを羽織る。それから、私はそそくさとシャワールームへ向かった。髪を乾かした後、急いで身支度を済ませ、祐駕さんと共にホテルを出た。

まだ日の昇ったばかりのミュンヘンの街。底冷えしたような空気もあるが、祐駕さんの運転する車の中は温かい。

ホテル近くのカフェで朝食をテイクアウトすると、祐駕さんの車はミュンヘンを出てアウトバーンに乗った。彼が買ってくれたのは、ドイツ名物だという薄焼きのピザのようなもの。トマトソースの代わりにサワークリームが塗られており、カリカリの生地にベーコンや玉ねぎがのっている。ピザと言うより、クラッカーで作ったカナッペを食べている感覚だ。

「おいしいです。祐駕さん、運転してると食べられないですね」

「平気だ。映茉が起きる前に、いろいろつまんだから」

「でも、運転大変ですよね？　私、てっきり電車移動だと思ってました」

ミュンヘンから祐駕さんの住んでいるベルリンまでは、五〇〇キロ以上も離れている。ドイツと言ったらノイシュバンシュタイン城のツアー！　――そんな思いが強かった私の意向を汲んで、祐駕さんはこの日程を組んでくれたらしい。ドイツ行きが決まってから観光ガイドブックを読んで知ったあまりの距離に、申し訳なくなったのを思い出す。

「俺はドイツの鉄道は好きじゃないんだ。前も言っただろう、ドイツの鉄道は二本に一本は遅れる。だったら自分で運転する方が断然いい」

ステアリングを握りながら、当然のことのように紡ぎ出す祐駕さんに、私はなにも言えなくなってしまう。それどころか、彼は申し訳なさそうに眉を下げた。

「朝食、テイクアウトで悪いな。本当は、ミュンヘンの空気を感じながらゆっくり取るのもいいかと思ってはいた」

そんな彼を見ていると、余計に申し訳なさが募った。

「もしかして、昨日空港に迎えに来てくれた時も、ベルリンから車移動したんですか？　どのくらいかかりました？」

「六時間くらいだ。映茉は寝てていいからな。昨夜は、あまり眠れなかっただろう」

「そういうことじゃなくてですね……」

祐駕さんの体が心配だ。祐駕さんの方が、圧倒的に疲れてるはずだ。なんて言おうか迷い、しゅんと肩を落とす。すると、祐駕さんはクスリと笑った。

「俺なら平気だ。映茉が隣にいてくれれば、それだけで元気になる」

胸がきゅんとなるけれど、私が言いたいのはそういうことじゃない。

「それは元気って言わないと思います」

そう言ったけれど、「心配無用だ」と笑顔で押しきられてしまった。


ふっと意識が覚醒する。どうやら寝てしまったらしい。さすがに祐駕さんに申し訳ないから、起きていようと思っていた。それなのに、まさか寝てしまうだなんて。

自分へ憤り、祐駕さんに申し訳なさすぎて、彼の顔を見られない。ため息をこぼしながら、運転席とは反対側の窓の外に目を向けた。すると、観光ガイドブックに載っていたのと同じ、宙に浮かぶ銀色の丸底フラスコみたいな塔が見えた。

「わあ、ベルリンだ」

思わず声を漏らすと、背後から「おはよう」と声をかけられた。

「テレビ塔は知っているんだな」

「知っているというか、ガイドブックで見ただけなんですけどね」

ドキリとしながらそう言うと、祐駕さんは微笑んだ。

「そうなのか。朝食はあまりドイツらしくなかったから、昼はドイツらしくいこうか」

祐駕さんはそう言うと、市街地の中を走りながら、駐車スペースを探し始めた。どうやらドイツでは路上駐車をするのが一般的なようで、道路脇にたくさんの車が止まっている。フュッセンではすぐに車を止められたが、ベルリンは駐車している車が多く、なかなかスペースが空いていない。

しかし、祐駕さんは見つけた小さなスペースに、軽々と縦列駐車を決めた。近くにあった券売機で料金を払うと、彼は「降りて」と助手席側の扉を開く。運転もうまいし、駐車までスマートでかっこいいし、ズルいなあ。差し出された手に、私の心はまた高鳴ってしまった。

昼はドイツらしく、と言った祐駕さんに連れられやって来たのは、目の前にブランデンブルク門の見えるカフェだった。昨夜のホテルもミュンヘン新市庁舎の目の前という最高のロケーションだったが、このカフェもロケーションが最高だ。

「昼食と言っておいてなんだが、ここはザッハトルテとバウムクーヘンがうまい」

祐駕さんはそう言いながら、メニュー表に顔を向けた。私はドイツ語が読めないので、注文は祐駕さん任せだ。

「ケーキ好きなので、私、それにします」

「本当か？」

祐駕さんは私の言葉に、目を瞬かせる。その顔が予想外にかわいくて、思わずくすっと笑ってしまった。すると、祐駕さんは顔をほんのり赤らめる。

「甘いものが、好きなんだ。ここのバウムクーヘンはチョコレートがかかっていて、それがまたうまい」

「じゃあ、同じですね。私もチョコレート、好きです」

クスリと笑みをこぼすと、祐駕さんはさっと手を上げて、早口でウェイターに注文をする。淡々と話すその顔は、もしかしたら照れ隠しなのかもしれない、と感じた。

ケーキがくるのを待ちながら、たわいもない会話をしていると、不意に祐駕さんが黙った。彼は私の背後を見て、顔をしかめている。

《ユウガじゃない！》

それと同時に聞こえてきた女性の声に、私は振り返った。

カフェのテイクアウトコーヒーを手に、こちらにやって来た彼女。ブロンドの髪をなびかせながら、青い澄んだ瞳でにこやかに笑っている。おしゃれな服装の彼女は、仕事関係の人には見えない。

「えっと……奥さん？」

てっきりドイツ語が紡がれると思っていた彼女の口から流暢な日本語が聞こえて、私はぴくりと震えた。彼女は誰なのだろう。ぞわりと嫌な気持ちが胸に流れ込んできて、胸がモヤっとした。

「ああ、そうだ」

祐駕さんが面倒くさそうに答える。

「ということは、あなたがエマさんね」

女性はそう言いながら、私に視線を向けた。彼女は私を品定めするように、下からじっと眺めていく。やがて目が合うと、彼女は目を瞬かせる。それから笑いをこらえるように喉をぐふっと鳴らした。浮かべられた笑みを目にし、なぜか見下されたような心地がした。

「あ、あの……」

なんとなく居心地が悪くなり、口を開いた。しかし、それより早く彼女は祐駕さんの耳元に、なにかをこそこそと話す。すると祐駕さんは余計に顔をしかめた。

その時、ウェイターがケーキを運んできた。それを見た彼女は盛大なため息をこぼす。

「わあ、ユウガったら、また甘いもの食べてるのね」

嫌そうな顔を祐駕さんに向けるが、それは仲がいいからこそ見せられるような表情だった。彼らの親密さを見せつけられているようで、ふたりの世界から置いてけぼりをくらった私の胸には黒い感情が広がる。

「あ、あの！」

思いきって口を開く。すると、ふたりの顔がこちらを向いた。

「どなたですか？」

私が聞くと、祐駕さんが口を開いた。しかし、彼がなにかを言う前に、彼女はしーと人さし指を自分の口元に立て、祐駕さんがなにかを言うのを制した。

「私、今夜のレセプションに出るのよ。だから、それは後でのお楽しみ」

彼女はそう言うと私にウィンクをする。それから、腕時計を確認した。

「もっと話してたいけれど、もう行かないと」

「ああ、そうしてくれ」

祐駕さんがそう言うと、彼女は髪を風になびかせて去っていった。

「あの、彼女は――」

「俺の友人だ。悪い奴じゃないんだが、ちょっとな」

祐駕さんはそう言うと困ったような笑みを浮かべる。それで、私はそれ以上なにも聞けなくなってしまい、運ばれてきたケーキにフォークを入れた。

「ん、これ、すごくおいしいですね。チョコレートが濃くて、甘すぎなくて食べやすいです」

「だろう？」

モヤモヤした心をごまかすようにケーキに口を運んだが、あまりのおいしさに目を見開く。祐駕さんは優しい顔をして、自身もケーキを綺麗に頬張っていた。

濃厚なケーキを堪能し終わると、私は目の前のブランデンブルク門に目を向けた。昨日とは打って変わって晴天の今日、その周りは観光客で賑わい、人通りが絶えない。こういうのが突然街中にあると、異国に来たという感じする。そう思っていると、食後のコーヒーを口に運びながら、祐駕さんが不意に口を開いた。

「ブランデンブルク門は、今でこそ東西統一の象徴として有名だが、その昔はベルリンをふたつに分断した象徴とされた悲しい門なんだ。ベルリンの壁って、知ってるだろう？」

「はい。ベルリンをふたつに分断していた壁ですよね」

そう答えると、祐駕さんは「ああ」と短く返し、続けた。

「今もまだ部分的には残っている。ドイツは統一されて、今は平和だが——随所に、残酷な歴史が刻まれている」

祐駕さんの視線が、手にしていたコーヒーカップの中に注がれる。彼の声は悲しげだけれど、震えることなくしっかりと紡がれる。私は彼の言葉に、学生時代に学んだ世界の歴史を思い出した。

「戦争のことなら、私も知ってます」

国同士の戦い、残虐な過去。巻き込まれた人々の、行き場のない想い。その悲しい歴史に想いを馳せてしまい、目頭が熱くなった。

「俺は、世界を平和にしたい」

小さな、けれど力強い声。祐駕さんの方を向くと、彼の視線はカップからこちらに戻されていて、優しい笑みを返された。

「俺が外交官になったのは、それが理由なんだ」

「そうだったんですね。てっきり、お義父《とう》さんの影響なのかと思っていました」

祐駕さんの家を訪れた時に紹介されたお義父さんの職業も外交官だったから、彼の家は外交官一家なのだと勝手に思い込んでいた。

「確かに、外交官というものに興味を持ったのは父がいたからかもしれない。だが、この道は自分で選んだんだ」

そう言う祐駕さんの凛とした表情に、思わず見とれてしまう。ぼうっとしていると、彼の手が私の顔の方に伸びてきて、私の目元を優しく拭ってくれた。

「映茉を連れていきたい場所がある。一緒に、来てくれるか？」

「はい」

私たちはなんとなくしんみりとした気分のまま、カフェを出た。

祐駕さんと手をつなぎ、ベルリンの街を歩いた。すると突然目の前に、大きな直方体のコンクリートの塊がいくつも現れた。それらは規則正しく、格子状に並んでいる。ここは、戦時中に命を奪われたユダヤ人たちを追悼するために作られた記念碑なのだそう。

巨大なコンクリート塊の上に積もった昨夜の雪が、晴天の下で少しずつ溶け出している。それは、冬のベルリンの冷たい空気を浴びて、まるで涙を流しているようだ。

思わず手で触れたら、とても冷たい。隣で、祐駕さんも自分の手をそっと記念碑に置いた。

「傷つかなくていいはずの誰かが傷ついて、死ななくていいはずの誰かが死ぬのを許容して、この世界は回っている。俺は、そんなのおかしいと思う」

見上げると、祐駕さんは記念碑に置いた自分の指の先を、じっと見つめていた。

「だから、少しでも世界が平和になるようにつとめたい。——それが、平和な場所に、平和な時代に生まれた俺の、使命だと思う」

そう言う祐駕さんの顔は、とても凛々しく見えた。

「俺は世界を憂えているだけの人間にはなりたくないんだ。とはいっても、外交官としてはまだまだ、なにもできていないけどな」

言葉の最後で、祐駕さんはこちらを振り向いた。まるで自分はまだ未熟だというように眉を下げ、苦笑いをこぼしている。

だけど私は、夢だけで終わらせないという意気込みと、使命感に胸を打たれた。彼には、明確な目標がある。彼の目指す世界は、きっと優しい、平和な世界だ。

「祐駕さんならできると、私は思います」

じっと彼を見つめそう紡ぐと、祐駕さんは目を見開く。それから、その目を優しく細めて、コンクリートに触れていた手を私の頭にのせた。

「映茉に言われると、本当にできるような気がするよ」

祐駕さんの顔は優しく微笑む。だけどその優しさは、私だけじゃなくて世界に向けられているように感じた。そんな優しい彼の想いに、私も平和を願わずにはいられなくなる。

世界中がみんな仲よく、平和な日が訪れますように。両手を合わせ、目を閉じ祈った。

「ありがとな」

やがて目を開いた私に祐駕さんはそう言って、私の右手を優しくすくい上げた。

「そろそろ、レセプションの準備をしなくてはならないな。一旦、俺の家に帰ろう」

4 どうか魔法よ、解けないで

祐駕さんの住むマンションは、ブランデンブルク門から少し離れた、シュプレー川のほとりに位置していた。この辺りは、歴史的な街並みとは打って変わって近代的なビルも多い。まさに、ベルリンの〝中央区〟といった感じだ。

さっそく彼の部屋に上げてもらい、今夜のレセプションの準備をする。私はスーツケースからドレスを取り出し、パンプスは揃えて玄関に置いた。

「日程は短いのに鞄を大きくしたの、このせいだったんだな」

祐駕さんは言いながら、私のスーツケースを覗いてきた。

「お土産をたくさん買って詰めるためでもあるんですけどね」

「なるほど」

祐駕さんはそう言うと、昨夜はグリューワインの入っていたカップを洗い、そっとスーツケースに入れてくれた。

それから私は、バスルームを借りてドレスに着替えた。化粧を直して、髪の毛もアップにアレンジしよう。そう思ったのだけれど、私は鏡に映った自分を見て、思わず胸元を押さえてしまった。

「嘘、どうしよう……」

持ってきたドレスは友人の結婚式で着たものだ。胸元がVネックに開いているデザインがお気に入りなのだが、とあることに気づいてしまった。

「どう?」

祐駕さんの声が扉の向こうから聞こえる。今さら行けない、なんて言えない。私は恥ずかしさと戦いながら、思いきって扉を開けた。

「あ、あの! このドレスじゃ、レセプションに出られません」

上半身にウイングカラーシャツを羽織った祐駕さんが、私の指さした胸元を見る。そこには、昨夜彼につけられた、赤い痕が見えていた。

祐駕さんは目を瞬かせる。それで、私は羞恥でいっぱいになった。

「どうしたらいいですかね……」

顔を真っ赤にしながら小さな声でつぶやくと、祐駕さんは優しいため息をこぼし、私の髪を優しく撫でた。

「悪かったな。新しいものを買いに行こう」

そう言うと、着ていたシャツを脱ぎだす。

「レセプションの時間は、大丈夫なんですか?」

「ああ」

「え、じゃあ、なんで早く準備しようって――」

「俺が、映茉のドレス姿を堪能したかったから」

祐駕さんはなんでもないことのようにそう言ったが、同時に私に意味深な笑みを向ける。彼はいったい、私を何度ドキドキさせる気なのだろう。

元の服に着替えて出かけたのは、近くにあるブティックだった。ドレスやタキシードの飾られたそのお店は、入り口に警備員が待機しており、入るのに気後れしてしまう。きっと高級なお店なのだろう。

祐駕さんは警備員の横を堂々と通る。横を通り過ぎる時に頭を下げられたから、もしかしたら彼はよく来るお店なのかもしれない。

「俺に任せて」

店内に入り、どうすればいいかわからず固まっていると、祐駕さんはそう言って女性店員と話し込んでしまう。ドキドキしながら彼の背中を見ていたら、突然女性店員に試着室に押し込まれ、別の店員が持ってきたドレスを着せられた。

「わぁ、かわいい」

シャンパンピンクのカクテルドレスは膝下丈ながらも上品さを兼ね備えている。ハイネックだから胸元は見えないが、体のラインに沿った作りは女性らしさを醸し出す。両肩から肘までを隠す袖は花柄のレース。大きく開いている背面は大胆でちょっと恥ずかしいけれど、そんなベアバックも女性らしいと思う。

思わず背中を鏡に映し、首だけで後ろを振り向いて、その姿をチェックした。

「映茉」

聞こえた声に振り返る。店員に呼ばれたらしい祐駕さんが、試着室の入り口からこちらを見ていた。

「似合っている」

祐駕さんは優しい笑みでそう言うと、店員になにかをドイツ語で告げる。店員がどこかへ行ってしまうと、試着室の中に祐駕さんとふたりきりになった。彼は私に近づき、私の首元をそっとなぞる。ドレスの上につけたネックレスのチェーンに、彼の指が触れた。彼が私にくれたものだ。

「これ、本当にずっと着けているんだな」

「はい。でもこのドレスには、合わないですかね？」

不安になり、思わずそのトップのタンザナイトを握ってしまう。

「いや、そんなことはない」

祐駕さんは言いながら、私の髪をすくってそこにそっと口づけた。ドキリとし、思わず彼の瞳をまじまじと見つめる。祐駕さんはクスリと優しく笑った。

「ついでに、髪もセットしてもらおうか」

祐駕さんがそう言うと、試着室に店員が戻ってきた。その手には、ワインレッドのショールが握られている。

祐駕さんが満足そうな顔で頷くと、女性店員は私の肩にショールをかけ、胸元で巻いて留めた。ベアバックの背中は隠されてしまったけれど、これはきっと、ドイツの夜は冷えるからという祐駕さんの優しさだと思う。

鏡に映った私の顔は、ほんのり赤い。ただドレスに着替えただけなのに、私はどれだけドキドキさせられるのだろう。

そのまま備え付けのサロンらしき場所に連れられ、ヘアメイクをしてもらった。アップにした髪、きらびやかなシャンパンのようなアイシャドウ。キラキラと宝石がちりばめられたような、けれど上品なメイクはさすがヨーロッパだ。

まるで、魔法をかけられたよう。今夜の私はいつもよりずっと大人っぽく見え、セレブにでもなったような気分になる。

祐駕さんは私のヘアメイクが終わった頃、ちょうどサロンへやって来た。鏡の向こうに、彼の姿が見えた。

どうしよう、かっこいい……。

鏡越しなのに、見とれてしまった。祐駕さんは、私のメイク中に着替えていたのだ。彼が着ているのは、ミッドナイトブルーのタキシード。黒色のベストと小ぶりなブラックタイがよく似合っている。胸元のポケットから覗くハンカチーフは、私のショールと同じワインレッドだ。

「素敵だ」

祐駕さんは鏡越しに、ニコリと笑いかけてくる。その笑みに、私の胸がドクリと反応してしまった。素敵なのは、彼の方だ。

「行こうか」

ヘアメイクをしてくれた店員が私の座る椅子をくるりと回す。私は祐駕さんに差し出された腕に手を絡め、高鳴る鼓動のまま、お店を後にした。

お店を出ると、私たちは止まっていた白い車に乗り込んだ。どうやら、祐駕さんが手配していてくれたらしい。

「あの、本当に大丈夫ですかね？　私、ドイツ語、まったくわからないんですけど……」

レセプションに向かう車内、私は先ほどまでとは違うドキドキに胸を支配されていた。初めて祐駕さんの妻として、社交の場に参加するのだ。粗相をしてしまったらどうしよう。

「大丈夫だ、ただのホームパーティーみたいなものだから。そもそも、映茉を呼んだのは向こうだからな」

「でも……」

不安に胸がいっぱいになる。すると祐駕さんは「じゃあ」と、私の顔を覗くように顔を近づけてきた。

「これだけ覚えておいてくれ。〝俺のそばを離れない〟」

それで、不安のドキドキが別のドキドキに変わる。赤くなってしまっただろう顔を伏せると、祐駕さんのクスリと笑う声がした。

そうこうしているうちに、車は大きなお屋敷の前に止まる。祐駕さんにエスコートされ、結局緊張したまま、私はレセプションへと足を踏み入れた。

キラキラとした、けれど落ち着いた暖かな空間。大きなその広間の中央には、立派なクリスマスツリーが輝いている。

そしてそこには、ドイツ人の紳士淑女がたくさんいる。映画でしか見たことがないような、本物のパーティーだ。リアルな社交界だと思うと、どうしても自分の場違い感が否めない。祐駕さんはホームパーティーみたいなものだと言っていたけれど、私の知っているそれとはまったく異なっていて、私は緊張を解くために小さく深呼吸した。

《ミスター・モチヅキ！》

不意にドイツ紳士に声をかけられた祐駕さんは、朗らかな笑顔で、ドイツ語でなにかを話し始めた。私はその隣で、笑顔を浮かべた。しかし、緊張で引きつってしまう。すると突然、祐駕さんの私をエスコートする腕に力がこもった。

「大丈夫だ」

耳元でささやかれ、ドキドキするけれど、同時に安心もする。祐駕さんは私の腰を抱いたまま、ボーイからシャンパンを受け取ると、それを私に手渡しながら、優しい笑顔を向けてくれた。

祐駕さんはいろいろな紳士に名前を呼ばれ、そのたびに私の腰を抱き安心させてくれる。ドイツ語なのでなにを話しているのかわからないけれど、どの人からも名前を呼ばれ、気さくに談笑する祐駕さんは格好いい。さすが、外交官さんだ。

しばらく挨拶を続ける祐駕さんの横に立ち、彼の外交官らしい振る舞いに胸を高鳴らせていると、一際大きな声で《ユウガ！》と彼を呼ぶ声がした。

「彼がドイツの環境大臣だ」

祐駕さんは私の耳元でそうささやいてから、ロマンスグレーの初老の男性の方へ歩みを向けた。

「映茉、こちらが今日のホスト、ドイツ環境大臣のフリートベルク氏だ」

祐駕さんは彼と何言かドイツ語で会話をしたのち、私に彼を紹介してくれた。

「ハジメマシテ、コンニチワ」

片言の日本語に戸惑っていると、「彼は英語も堪能だから」と祐駕さんに耳元で言われる。

《お会いできて嬉しいです》

私は英語でそう告げ、ぺこりと頭を下げた。

《こちらこそ》

英語で返され手を差し出される。その手を握ると、フリートベルクさんは、私の手をぶんぶんと陽気に振った。

《君は日本の鉄道員だとユウガから聞いたよ。私も日本の鉄道には感心しているんだ》

《ありがとうございます！》

駅員として、時間通りに、安全に鉄道の運行ができるよう意識していると英語で伝えると、彼は興味深そうに私の話を聞いてくれた。

《同じ自動車大国なのに日本は素晴らしいよ。どうしたら、日本のように皆が鉄道やクリーンな乗り物に乗ってくれるのだろう》

フリートベルクさんは考え込んでしまう。その間、私はちらりと祐駕さんを見た。祐駕さんはブロンドの髪をアップにした、青い瞳の綺麗なお嬢様と話していた。彼女はとてもにこやかで、祐駕さんとの会話はとても盛り上がっている。

《――アイシテル、……》

不意にふたりの会話から愛を紡ぐ日本語が聞こえて、私の顔は引きつった。ふたりの言葉はドイツ語だから、なにを話しているのかはわからない。だから余計に、彼女の紡いだ日本語が気になり、ふたりの会話に気を取られてしまう。

《ユウガが結婚をこのタイミングにしたのは、そろそろ日本に戻るからなんだよね。彼が日本に戻るのは残念だが、私もまた日本に行って学びたいことがたくさんだ》

フリートベルクさんが日本を褒めてくれるから、私はニコリと微笑んだ。しかし、私は彼の話に集中できなかった。こんなではダメだと思うのに、女性と祐駕さんの会話が気になって仕方ない。すると、突然フリートベルクさんはクスクス笑いだし、隣にいた祐駕さんにドイツ語でなにかを告げる。

「映茉、悪かった」

突然祐駕さんに謝られ、振り向く。祐駕さんは、申し訳なさそうな顔をしていた。

「どうやら俺は、映茉を不安にさせてしまったらしい」

「え⁉」

思わず大きな声を出してしまう。すると、フリートベルクさんはケラケラと豪快に笑いだした。気持ちが祐駕さんの方を向いていると、フリートベルクさんにはばれてしまっていたらしい。

羞恥で思わずうつむくと、なにか別の視線を感じた。そっと目線を上げると、先ほど祐駕さんと話していた女性が、私の方をじっと見ていた。その瞳に既視感があって、私は思わず目を見開いた。胸がドクリと嫌な音を立てる。急に胸が苦しくなって、鼓動を刻むスピードが速くなった。それでも、彼女の正体を確かめたくて、私は必死に口を開く。

「昼間に、カフェでお会いした――」

震えるような小さな声だったのに、彼女はにやりと意味深に笑う。それから、流暢な日本語で話しかけてきた。

「覚えていてくれて嬉しいわ、エマさん。私、エミリアよ。よろしくね」

「フリートベルク氏の娘さんなんだ」

祐駕さんが紹介してくれたので、私は慌てて笑顔を浮かべた。だけど、その間にも、エミリアさんは祐駕さんの耳元に向かってなにかをささやき、祐駕さんは難しい顔をする。そういえば、昼間もカフェで同じような光景を見た。いったいなにを話しているのだろう。聞きたいけれど、聞けない。間に入る勇気もない。ただ、ドクドクと嫌なふうに鳴る心臓の鼓動を聞きながら、私はその場に立ち尽くすしかできない。

会話に入れない私を哀れんだのか、フリートベルクさんが英語で祐駕さんに話しかけた。

《うちのエミリアもいいと思っていたんだけれどね。こんなにかわいくてしっかりした奥さんを日本に隠していたなんて、ユウガも隅に置けない男だ》

《妻は渡しませんよ？》

フリートベルクさんに小突かれた祐駕さんは、エミリアさんとの会話を中断して微笑み、フリートベルクさんにそう返していた。

祐駕さんの言葉は嬉しいけれど、先ほどエミリアさんの口から紡がれた《アイシテル》の言葉が気になって、私のモヤモヤは大きく膨れ上がってゆく。

ドイツ語での会話の途中にわざわざ日本語で愛の言葉を紡ぐなんて、エミリアさんは祐駕さんのことが好きなのだろうか。それに、わざわざ声を潜めて祐駕さんの耳元で、なにかを言うなんて――。

気になりだすと、カフェで品定めするような視線を送られ笑われてしまったことを思い出し、あれは私を馬鹿にするためだったのではないかと思い至った。暗に、私に祐駕さんは似合わないと言われたのではないか。そう思うと、ドクドクと胸を叩く嫌な音が大きくなる。

《そうだ》

不意にフリートベルクさんが、ドイツ語に切り替え祐駕さんに話しかける。祐駕さんは少しだけ難しい顔をして、その話に聞き入り始めてしまった。私はこちらに向けられる、エミリアさんからの視線が気になって仕方ない。

「祐駕さん、私、ちょっとお手洗いに行ってきますね」

申し訳ないと思いつつ、フリートベルクさんとの会話を少しだけ遮って祐駕さんに告げた。

「ああ。この扉から出て右だ」

そう言うと、祐駕さんは私についてこようとする。だが、それではフリートベルクさんに申し訳ない。

「ひとりで大丈夫です、子供扱いしないでください」

ニコリと冗談で気持ちをごまかし、私はレセプションからひとり、お手洗いへと向かった。

個室で気持ちを落ち着け、洗面台へ向かう。鏡に映った自分は、むすっとしていてかわいくない。先ほどサロンで見た時とは全然違う顔になっていて、これではいけないと表情筋に力を入れた。どうか魔法よ、解けないで。

よし、と気合を入れて、レセプション会場へ戻る。しかし、そこでは祐駕さんとエミリアさんが親しげに話していた。ふたりは小さな紙きれのようなものを見ながら、笑い合っている。先ほど《アイシテル》と言われていたのに、カフェで会った時は少しだけ迷惑そうな顔をしていたのに、今の祐駕さんに嫌がる様子はない。

それに、遠くから見れば、お似合いな美男美女だ。そう思ったら、祐駕さんと結婚したのは私なのに、なぜかふたりを邪魔してはいけない、という衝動に駆られる。私は壁の花になり、シャンパンをいただいた。ぱちぱち、しゅわしゅわと弾《はじ》けて消えていく泡は、まるで私の気持ちみたいだ。

ため息をこぼし、視界に祐駕さんを入れないようにした。ごくりとシャンパンを喉に流し込む。すると、頭上からドイツ語が降ってきた。顔を上げると、見知らぬ男性が立っている。

《ごめんなさい、ドイツ語わからなくて》

英語で話しかけると、男性は《ごめんね》と英語に切り替えて話しかけてきた。

《素敵なドレスだね、君》

《ありがとうございます》

祐駕さんが選んでくれたからだろうか。嬉しいけれど、今は複雑な気持ちだ。

《女性らしいスタイルで、とてもかわいらしい》

男性はそう言うと、私の腰に手を伸ばしてくる。

え？　驚きで動けない私の腰に彼の手が触れそうになり、ぞわりと背が粟立った。

その時、男性の後ろからやって来た影が、彼の手首を掴む。

《彼女は私の妻だ。指輪が目に入らなかったか？》

すんでのところで私を助けてくれたのは、祐駕さんだった。

《すまないユウガ。つい、彼女がかわいかったから》

顔をしかめた祐駕さんは、まだ《ごめん》と謝り続けている男性を睨む。苦笑いを残して男性が去っていくと、祐駕さんは私の腰をぐっと抱いた。その距離に胸がときめくけれど、それは一瞬。祐駕さんの妻なのにきっぱりとあの男性を断れなかった罪悪感と、エミリアさんとの会話を邪魔してしまった申し訳なさが胸にやってきた。

「ごめんなさい」

私がそう言うと、祐駕さんも申し訳なさそうに眉尻を下げた。

「俺の方こそ悪かった、ひとりにしてしまった」

「いいえ。祐駕さんがエミリアさんと楽しそうにしてたのに、中断させてしまいましたね」

言いながら、思わず苦笑いが浮かんだ。モヤモヤしていた気持ちが、嫉妬だと気づいてしまったのだ。どうやら私は、祐駕さんのことを、それほど好きになっていたらしい。

気持ちに気づけば、抱かれた腕に意識がいってしまう。

「映茉の方が大事だ。映茉は、俺の妻なんだから」

耳元でささやかれ、顔を上げると優しい笑顔がある。トクリと胸が甘く跳ね、恥ずかしくなって目を逸らした。

するど、向こうの方にいたエミリアさんと目が合った。睨まれていたような気がしたが、目が合った瞬間お嬢様然とした笑みを向けられた。その笑みは、なにか意味を含んでいるような気がする。

それでも今、私の隣には祐駕さんがいてくれる。だから、この魔法は解けないはずだ。私は胸元にきらめく、タンザナイトをきゅっと握りしめた。


「その格好じゃ、さすがに冷えただろ」

レセプションから帰宅すると、祐駕さんはそう言ってシャワーを勧めてくれた。祐駕さんの家だから先にどうぞと言ったのだけれど、彼に「お客様が先」と、笑顔でバスルームへ押し込められてしまった。

だったら急いで入ろうと、さっさとシャワーを浴びてバスルームを出る。しかし、上がったことを伝えようと祐駕さんの姿を捜すと、彼は寝室のベッドで、ジャケットを脱いだ状態のまま寝ていた。

「祐駕さん……？」

呼びかけてみるけれど、彼は寝息を立てるだけだ。祐駕さんはあれだけ長時間、ひとりで車の運転をしてくれた。疲れもたまるはずだ。起こしたら悪い。私はありがとうございますと胸の内で告げ、そっと彼の寝顔を見つめた。

それから、寝室を出ようとしたところで、ベッドサイドのチェストの上に、写真が置かれているのに気づいた。思わず手に取ってみる。

「なにこれ……」

そこには、笑顔の祐駕さんとエミリアさんが映っていた。ほかにも四人の男女がいて、全員が一緒にテーブルを囲んでいる様子が映っているが、なぜか祐駕さんとエミリアさんにかかるように、赤いペンでハートマークが書かれている。私は思わず、それを寝室から持ち出した。

リビングのソファに腰かけ、手にしていた写真をついまじまじと見てしまう。もしかしたら、先ほどパーティーでふたりが話していた時、この写真を見ていたのだろうか。だとしたら、このハートマークを書いたものを、ふたりは見ていたということだ。これは、エミリアさんからの愛のアピール。そう思うと、無性に胸がトゲトゲした。

だけど、私は会話をしていたふたりの様子を思い出してしまった。顔貌の整った祐駕さんとかわいらしいエミリアさんは、お似合いだった。祐駕さんも、エミリアさんと話す時はにこやかで楽しそうだった。

もしかして、ふたりは……。嫌な予感が胸をよぎるけれど、祐駕さんに限ってそんなことはないだろう、と心が言う。彼は、誠実な人だ。

それに、カフェで彼女と鉢合わせした時の祐駕さんは、嫌そうな顔をしていた。パーティーの時ににこやかだったのは、おそらく外交上のものなのだと思う。彼は世界を股にかける外交官なのだから、心とは裏腹な笑顔も時には必要なのだろう。

エミリアさんと祐駕さんの共に映る写真を見ないようテーブルに伏せて置き、きっとそういうことなのだと自分に言い聞かせる。しかし、そう言い聞かせているうちに、思い出してしまった。彼と私との、結婚も――。

『咲多さんの思う〝幸せな家庭〟を築けるように、努力する。だから、どうか俺と結婚してほしい』

――そう言った彼の、〝努力〟という名の〝演技〟なのだ。

考えだしたら、トゲトゲした気持ちが不安に変わっていく。私たちは、互いに困った縁談を断るために、偽装結婚したにすぎない。

なんとなく、愛が芽生えているような気がしていた。愛されていると思っていた。幸せを感じていた。だけど、それは全部彼の努力で、愛ではない。

私が愛を求めるから。〝幸せな家庭〟を築きたいとか、〝おしどり夫婦〟になりたいとか言ったから、彼はそうなるように努力してくれているだけなのだ。

そしてもし、私と祐駕さんの結婚が偽装なのだとエミリアさんが気づいているなら、エミリアさんは祐駕さんへのアピールをやめないだろう。

祐駕さんなら、きっと彼女に落ちたりしない。〝幸せな家庭〟を築くために、私のために、努力してくれる。そう信じたいのに、彼とエミリアさんの仲のよさは、私を不安にさせる。

もし、祐駕さんの気持ちが揺れてしまったら？　祐駕さんがエミリアさんを好きになってしまったら？

それに、彼女はドイツの環境大臣の娘という立場だ。私と祐駕さんの結婚を恨んだエミリアさんが、彼の外交官という立場を逆手にとって、祐駕さんになにか国が関わるような交渉を持ちかけたりしたら。それで、私と祐駕さんを離婚に追いやってきたりしたら――。

一度考えだしたら、悪いことばかり妄想してしまう。

ドイツという異国の地。ひとりぼっちで落ち込む私。その夜、私にかけられた魔法は、不安に取って代わってしまった。

5　近くて遠い、それぞれの想い

【ドイツ土産です、ご自由にどうぞ　持月（咲多）】

勤務前、宿舎の入り口にそう書いた紙と共に、ドイツでお土産に買ったグミやらキャラメルやらの小袋を大量に入れた箱を置いた。早速何人かの同僚や、乗務員が「ありがとう」と手に取ってゆく。

「いえいえ、よかったらご家族の分もどうぞ！」

「さすが新婚さん。家族の分もなんて、気が利くね」

笑顔を向け、新婚の幸せオーラを無理やりまとって駅舎へ向かう。どうやら皆、私が新婚旅行でドイツへ行っていたと思っているらしい。今日は、ドイツから帰ってきて、初めての出勤だ。

朝明台駅の駅員室にも同じお菓子を詰め合わせた箱を置く。隣にお土産のマジパンを飾っていると、駅長に名を呼ばれた。

「持月さん」

「はい！　長らくのお休み、ありがとうございました」

ぺこりと頭を下げ、そこに置いたお土産からひとつ選んで駅長に手渡す。駅長はそれを「ありがとう」と受け取ると、交換するかのように私に名札を差し出した。

「新しいの、届いたよ」

その名札には、【持月】と書かれている。早速付け直す私の前で、駅長は微笑んだ。

「これからもよろしく頼むよ」

心機一転、また今日から頑張らないと。そう思いながら、私は駅長に「はい」と返事をした。

ドイツから帰ってきても、私の胸から不安は消えなかった。

レセプションの翌朝も、祐駕さんは前日と同じように、優しかった。朝食を共に食べ、荷造りを手伝ってくれて、仕事は午後開始にしたからと空港まで見送りに来てくれた。空港でのお土産選びも付き合ってくれた。

これが彼の〝努力〟だと思うと、虚しくなる。だけど、それでもいいから優しくしてほしいと思ってしまった。祐駕さんが好きだから、愛されているのだと思いたかった。しかし、考えないようにと思えば思うほど、エミリアさんの顔が脳裏にちらついた。

時差もあるけれどたまには電話しようとか、帰国予定日が決まったら連絡するとか、そんな話をたくさんした。別れ際は、やっぱりつらくなってしまった。そんな私の頬に、祐駕さんは空港のど真ん中で、人目もはばからず優しいキスを落としてくれた。

大丈夫。祐駕さんの妻は、私なんだから。

約半日のフライトの間、私はひたすら左手の薬指と胸元のネックレスを握って、その事実をしきりに確かめていた。

だけど、それはプライベートの話だ。年末年始は、鉄道事故の最大警戒期である。安全な鉄道の運行のために、頑張らなければ。

「ホーム業務、行ってきます！」

私は気持ちを切り替えて、駅員室を出る。冬の寒さに包まれたホームは、私の心を引き締めてくれるようだった。

今日は遅番だ。最終電車を見送り、駅の中にお客様がいないか見回りをして、駅のシャッターを下ろす。駅の一日はこれで終わり。一仕事終えた開放感で宿舎に向かっていると、ちょうど最終電車を車両基地に運んできたらしい志前君と出会った。

「ドイツ土産、さっきもらった。サンキュ」

彼は運転士の黒鞄と反対の手に、私が置いておいたグミを一袋持っていた。

「あ、志前君には別にお土産あるよ」

私は宿舎への道を彼と並んで歩きながら、鞄からマジパンを取り出した。

「なんだよ、この豚」

志前君はグミをジャケットのポケットに放り、手渡した豚を見てケラケラ笑う。口元がにかっと開いた豚のキャラクターは、彼に似ていると思って選んだものだ。

「ドイツでは幸運のシンボルなんだって。ちなみに、この豚ちゃんが右手に持ってるのはラッキーマッシュルームっていう幸運のきのこ。で、左手に持ってるのが——」

「四つ葉のクローバー。全部幸運のシンボルってことか」

「うん。ドイツでは年末年始の挨拶に、身近な人の幸せを願ってこれを贈るんだって。だから」

「へえ」

志前君はしばらく手の中にあるそれを見つめる。それから不意に、こちらを向いた。

「ドイツ、どうだった？」

「寒かった」

「そういうことじゃねえよ。久しぶりに旦那に会ったんだろ？　だから」

「ああ、……うん。楽しかったよ」

ノイシュバンシュタイン城やミュンヘンのクリスマスマーケットは楽しかったから、

別に嘘は言っていない。しかし、ほかにもあったいろいろなことを思い出してしまい、胸が苦しくなって、私はきゅっと胸元の名札を握った。

「あ、名札変わってる。本当に結婚したんだな、咲多。じゃなかった、〝持月〟」

名札に気づいた志前君が言う。

「そうだよ、〝結婚〟した。でも、呼び方は今まで通りでもいいよ」

私は口角を上げ、にいっと笑ってそう言った。私と祐駕さんが結んだのは、愛のない、偽装の関係だ。だから、呼びにくいのなら旧姓でもいいと思う。

「了解。咲多さ、旦那と離れ離れだからって、そんな顔すんなよ」

志前君が私の顔を見てそう言った。無理やり笑ったから、変な顔になってしまったのだろう。だけどどうやら、彼は私が寂しいのだと勘違いしてくれているらしい。

「うん、そうだね。ごめん、平気！」

だから私は小さくかぶりを振ってから、再び口角に力を入れて笑みを返した。

ドイツからの帰国後は、年末年始の鉄道業務へと心を入れ替え、仕事に勤しむ。あっという間に日々は過ぎ、朝明台駅前のクリスマスイルミネーション点灯期間も、気づけば終了していた。

祐駕さんとは毎日SNSで連絡を取り合い、お揃いのカップを使ってるねと写真を送り合ったり、クリスマスも共に過ごせなくて悪いなどのたわいもない話をしたりした。電話は時差や互いに仕事が忙しいせいで、できても短い時間だけだった。

それでも、祐駕さんは私のために時間をつくり、日本とドイツの距離を埋めようとしてくれている。電話やメッセージのやり取りをするたびに、心に巣食う不安が少しずつ減っていくのを感じていた。

それに、祐駕さんはもうすぐ日本に帰ってくる。もう少ししたら、この不安からは解放されるはずだ。そう思いながら毎日を過ごし、年が明けたその日、祐駕さんからメッセージが届いた。

【あけましておめでとう。早速だが、ふたりで住む部屋が決まった。朝明台駅からすぐの、マンションだ】

祐駕さんはドイツで、帰国後に住む物件を探してくれていた。決まったという物件は、ファミリー層の公官向けマンションだ。祐駕さんは忙しい中で、私に相談もしつつ、一月中に竣工するというそのマンションに申し込んでくれていたのだが、その審査が通って無事入居できるようになったのだという。

心待ちにしていたふたり暮らし。祐駕さんと暮らす、日本での毎日が現実味を帯びてくる。しかし、今ここに彼がいないことが、寂しくて仕方なかった。

年明け、一月半ば。私はもうすぐ竣工するマンションの見学会に来ていた。もちろん、祐駕さんはドイツにいるから私ひとりだ。ほかの参加者はご夫婦や家族連ればかりだ。これからご近所さんになる彼らの中、ひとりきりの私はなんだか浮いていて、ため息がこぼれた。

四階建ての低層マンションは高級感漂うエントランス。コンシェルジュ付きで、警備も最新だ。防音もしっかりしているから、子供が騒いでも大丈夫だと説明があった。祐駕さんとの未来を思い描き、ここに家族で住むのだと実感が湧く。だけどすぐ、私たちは偽装の関係なのだと思い出し、それを忘れたくて内覧の様子を写真に収めた。ドイツにいる祐駕さんに送って、やり取りをして、演技でもいいから満たされたいと思ったのだ。

ＳＮＳを開くと、少し前に祐駕さんが送ってくれたドイツの年越しの様子の写真が目に入る。そこに映る優しい笑みの祐駕さんを見ていると、少しずつ心が凪《な》いでくる。

だが、次の瞬間に、私の頭は真っ白になった。

年越しの日、十二時を示す時計とともに彼の映った自撮り写真。その奥に、エミリアさんが映り込んでいるのに気がついてしまったのだ。ある意味、ツーショットにも見える。

こんな遅い時間にもかかわらず、祐駕さんはエミリアさんと一緒にいた。まるでなにかをにおわせるように写り込んでいるエミリアさんを見ていると、胸にぞわぞわと嫌な感情が湧き出した。

私が祐駕さんと離れているこの間にも、エミリアさんは祐駕さんにアピールを続けているのかもしれない。そう思うと、気が気じゃない。

祐駕さんがエミリアさんになびくなんて、そんなことあり得ないと思う。あり得ないと思うのに、不安でたまらない。私は早く日本に戻ってきてと催促するように、祐駕さんに見学会へ行った旨をメッセージで送った。

【俺たちの部屋にも家具が入ったら、すぐに引っ越しできる。一月末には入居できるから、少しずつでいいから引っ越しよろしくな】

祐駕さんからの返信に安堵し、【引っ越し頑張ります！】と返信した。

【一緒に過ごす日が楽しみだ】

返ってきたメッセージを見ていると、頭の中で祐駕さんが微笑む。

大丈夫。彼と〝幸せな家庭〟を築くのは、私なんだから。そう思うけれど、やっぱり寂しくて、不安が胸に膨れ上がる。

早く、祐駕さんに会いたい。


ぽつぽつと引っ越しを始め、完了した二月頭。ちらちらと雪の降り始めた朝明台駅の駅員室で、私は今日も業務に勤しんでいた。

祐駕さんは予定よりも早く、今日帰国することになった。それに合わせて、私も引っ越しを終わらせた。前の部屋は、ちょうど二月末が更新月なので、更新せずにそのまま引き払う予定だ。

もう少しで、祐駕さんに会える。私が祐駕さんを独占できる。そうしたら、きっとこの胸の不安も消えるはずだ。

今日からまた、頑張ろう。彼と〝幸せな家庭〟を築けるように。

そう思いながら、あと少しで終わる業務時間を前に、パソコンを開いた。その画面から飛び込んできた名前に、思わず声を上げた。

「え、志前君⁉」

社内報に書かれていたのは、春に試運転から本運転に切り替わる、新型特急車両の運転に抜擢された運転士の名前。社内でたった六名の精鋭の中に、彼の名前があったのだ。

「志前君、すごいよね」

駅長がやって来て、私の後ろから画面を覗いた。

「この車両って、運転台はほかのと違うのかねえ?」

彼が運転することになる新型特急は、次世代のハイブリット型特急だ。

鉄道は車よりも二酸化炭素を排出しないクリーンな乗り物とされているが、その電気をつくるために使われているのが化石燃料であることに変わりはない。鉄道各社がこぞって電力を再生可能エネルギー由来のものに切り替えている中、注目されているのが水素電池と蓄電池を搭載したハイブリット車両、いわゆる〝水素電車〟だ。この車両が増えれば、ゆくゆくは電車の架線も必要なくなる。次世代のカーボンニュートラル車両として、国内外問わず注目を浴びている。

ヨーロッパではすでに実用化されているのだが、大川電鉄はその運転速度の高速化に成功し、国内初のブランド化。この春から、都心と神奈川の西部をつなぐ特急車両として運用を開始するのだ。

「特段変わらないですよ」

志前君が駅員室へやって来た。どうやら、彼は今から休憩らしい。

「ブレーキ時の摩擦を電気に変えるから、そういうメーターは運転台にもついてます。でも、それは客車でも見られるようになってますし。それより、車両の見た目の方が違うと思いますよ」

「そうなのかい？　確かに、外装はかなり違うよね。水素タンクや蓄電池がついているし」

駅長はパソコンの画面に表示された〝水素電車〟を見て言う。すると志前君が続けた。

「ええ。だから、止まる時にちょっとだけ水蒸気の音がするらしいですが、運転台からはわからないです」

「そんなことより！」

私は思わずふたりの会話を遮り、志前君の方を向いた。

「おめでとう！　すごいね志前君、会社のお墨付きエリート運転士だよ！」

「サンキュ」

前のめりに告げると、彼はちょっとだけはにかんだ。

「咲多は、今日はもう上がりなのか？」

「うん。今日ね、旦那が帰ってくるんだ。だから、サプライズで羽田までお迎えに行くの」

昨夜、祐駕さんから飛行機の便名と羽田に到着する予定時刻を知らせるメッセージが届いた時、私は迎えに行くと返信した。

【嬉しいよ、ありがとう】

祐駕さんからのその返信に心が浮き立ったが、仕事終わりに行くと伝えると、すぐに撤回のメッセージが届いた。

【やっぱり迎えに来なくていい。仕事で疲れているだろうし、空港までも遠い。申し訳ないから、家で待っていてくれ】

その時は受け入れたのだけど、朝になり、早く祐駕さんに会いたい気持ちが勝った私は、やっぱり彼を迎えにいくことにした。【嬉しい】と一度はメッセージをくれたのだから、きっと喜んでくれるはずだ。

「ふうん。よかったな」

志前君はなぜか、ちょっとだけ不服そうに唇を尖らせる。

「咲多は幸せ、俺は出世！」

けれどすぐにそう言って、ケラケラ笑った。

「旦那さんのとこ、早く行ってやれ～」

「うん。お疲れさまでした！」

志前君に手を上げ、駅長にはぺこりと頭を下げ、私は駅員室を後にした。

宿舎で着替えをしながら、ドキドキとちょっとの不安が胸に入り交じる。今日の格好は、ワンピース。ドイツに履いていったブーツにタイツを合わせ、寒くないようにコートとマフラーで防寒した。それから化粧を直して、アクセサリーの確認をした。

胸元には、祐駕さんにもらったネックレス、左薬指には〝結婚〟の証が光っている。輝くジュエリーたちに、私は思わず「よし」と頷いた。

私たちは、もうすぐ〝幸せな家庭〟を築いて、〝おしどり夫婦〟になるんだ。


羽田空港へやって来た私は、さっそく手元のスマホと国際便の案内板で、祐駕さんの乗っている飛行機を確認する。とくに遅れもなく、通常通りの運航だと安堵し、国際線の到着ロビーでその便の到着を待った。

空港に私がいたら、彼はどんな反応をするだろう。そわそわして、ワクワクして、ドキドキする。彼を待つ時間が、とてももどかしい。

早く、幸せになりたい。早く、不安から解放されたい。祐駕さんとの幸せな日本での暮らしを脳内に描き、不安よりも期待が大きいのだと自分に言い聞かせながら、祐駕さんが来るのを待っていた。

しかし、到着ロビーにやって来た彼を見つけて、私は思わず立ちすくんだ。彼を見ていられなくて、慌てて踵《きびす》を返した。逃げるように空港内を駆け、やって来た電車に飛び乗ってしまった。祐駕さんの隣に、エミリアさんがいたのだ。

夕闇に溶けていくような時間、電車の中。揺れに合わせて、勝手に体がガタガタと揺れる。祐駕さんは、エミリアさんとは友人だと言っていた。私の方が大事だと、私が祐駕さんの妻なのだと、そう言っていた。だからそうだと信じて、待っていたのに。

脳裏に浮かぶのは、先ほど見た光景だ。国際線の到着ロビーへやって来るふたりの姿は、とても親密そうだった。エミリアさんの右腕が祐駕さんの左腕に絡み、寄り添うようにして歩いていたのだ。それに、祐駕さんはレセプションではないにもかかわらず、楽しそうにエミリアさんの話に笑みを浮かべていた。だから、ふたりに気づかれる前に、慌てて駆け出してしまった。

なんでエミリアさんが一緒なのだろう。しかも、腕を組むことを許して、仲よさそうにしているなんて。もしかしたら、【やっぱり迎えに来なくていい】という昨夜の彼からのメッセージは、この状況を私に隠すためだったのかもしれない。

ショックでよろよろとしながら座席に座り、頭を垂れた。ふたりの関係は、進展してしまったのだろうか。いやまさか、そんなはずはない。祐駕さんに限って、そんなことあり得ない。

そう思いたいけれど、不安は消えるどころか増してしまい、悲しさと虚しさが同時にやってくる。私と祐駕さんの間にあるのは、法律上の関係だけで、この結婚は偽装だという事実が胸を襲った。

最初から私たちに、愛はなかった。あったのは、祐駕さんの〝努力〟という名の〝演技〟だけだ。彼がどんなに〝努力〟してくれるとしても、私たちは永遠に愛のない夫婦。どんなに楽しくとも、どれだけドキドキさせられようとも、私たちの間に愛はない。ドイツで過ごしたあの時間も、幸せを感じながら抱かれたあの夜も、全部、彼の〝努力〟――。

うつむくと、涙があふれそうになる。だけど、電車内で泣くことなんてできない。

必死に涙をこらえ、朝明台駅まで戻ってきた。しかし、朝明台駅の改札を出たところで、はっと立ち止まる。私の帰る場所は、祐駕さんと暮らすために引っ越した、あのマンションだ。今から帰ったところで、祐駕さんも後から同じ部屋に帰ってくる。

どうしよう。なにもないけれど、前の家に帰ろうか。迷い、考えている間に、涙があふれ出した。

なにをしてるのだろう。結婚したのは私なんだから、妻は私なんだから、堂々としていればいいじゃない。

そう思うのに、そういうふうに振る舞えないのは、私の弱さだ。愛されていないことが悲しい。ありもしない愛を求めてしまっていることが、虚しい。

日の暮れた朝明台駅。祝日の今日、この駅舎は閑散としている。私はとぼとぼと、改札口の端に寄った。ぽたぽたと、涙がこぼれ落ちてくる。

「咲多？」

私の名を呼ぶ声が聞こえて振り返ると、帰宅途中らしい、私服姿の志前君がこちらを見ていた。

「どうしたんだよ！」

目が合ってしまい、慌てて涙を拭いて笑みを浮かべた。けれど、そんな取ってつけたような笑顔では、なにもごまかせなかったらしい。彼がこちらに駆け寄ってくる。

私はどうしたらいいかわからなくて、ただ視線をさまよわせて戸惑う。

「旦那さん、なにかあったのか？　飛行機遅れてるのか？　向こうの天候悪化で、飛べなくなったとか？」

「ううん、なんでもない。心配してくれて、ありがとう」

私は口早にそう告げると、前を向き直り早々に足を踏み出した。駅舎の階段を、足早に下りてゆく。

「なんでもなくないだろ。そんなに泣いて」

志前君が追いかけてくる。彼の言葉のせいで、必死に止めていた涙がまたあふれ出した。惨めな泣き顔を彼に見られたくなくて、逃げるように足を早めた。

「大丈夫だから、今はひとりにして」

出した声は震えていた。だから、駆け出そうとした。それなのに。

「大丈夫じゃねーだろ」

右腕を強く引かれ、思わず振り返る。見上げた先の志前君は、怒ったような、怖い顔をしていた。

「咲多はいつも、自分を犠牲にしすぎなんだよ。お前の優しさに、救われる奴もいると思う。でも、今は違うだろ。我慢すんなよ。なんで新婚なのにそんな大泣きしてんだよ。おかしいだろ」

強められた彼の言葉に、思わず体がぴくりと震えた。

「……そうだよね、おかしいよね、私」

ぽつりとこぼす。志前君が、息をのむのがわかった。

「愛のない結婚だって最初からわかってたのに、愛されたいって思うなんて」

ハリボテの幸せは、幸せなんかじゃない。〝幸せな家庭〟を築くために〝努力する〟なんて、最初から無理があったのだ。どうして、気づかなかったのだろう。

「なんだよ、それ」

「本当、馬鹿だよね」

言葉にすれば、幾分落ち着く。思考が整理されて、自分の信じていた幸せな未来の虚しさに気づかされた。

愛されたいと思ってしまった。愛がないことは、わかっていたのに。

「咲多」

名前を呼ばれ、自嘲の笑みとともに顔を上げた。私のこと、馬鹿にしていいよ。いつもみたいに、軽く罵っていいよ。そう、思ったのに。

「志前、君……？」

思わず小さく、彼の名をつぶやいた。志前君の腕が、私をふわりと包んでいたのだ。

「今からでも、俺にしろよ」

彼の腕の中で告げられた言葉に、私は目を見開いた。

「俺、お前のことずっと好きだった。だから、今の話聞いて、すんげえ腹立ってる」

志前君の言葉は、おなかの底から発せられているのか、芯があり温かい。同時に、彼のいろいろな感情を感じて、私はどうしていいかわからなくなった。

「咲多が車掌になれたら告白しようと思ってた。でも、咲多が夢諦めて、俺はタイミング失って。そうこうしてる間に、急に結婚しちまって、だから諦めようって思ったのに、なんだよ、愛のない結婚って。愛されたいって」

「……ごめん」

偽装結婚なんて、やっぱりよくなかった。志前君にまで、こんなに嫌な思いをさせてしまっているのだから。

「腹が立ってるのは自分にだ。急に結婚したって知った時、もっとなんとか言って引き離してやればよかった」

志前君は私を抱きしめる力をぎゅうっと強くする。

「離して」

思わず、そう言ってしまった。私は、彼に抱きしめられる資格なんかない。

「悪い」

志前君は私を解放する。私は彼から二歩ほど距離を取った。それから無理やり口角に力を入れ、笑顔を作った。そうしないと、また泣いてしまいそうだった。

しかし努力の甲斐なく、また目頭が熱くなる。私はこのやるせない気持ちを心にとどめておけず、吐き出してしまいたくて、ついしゃべってしまった。

「本当、私馬鹿だよね。お互いに望まない縁談をもちかけられたからって理由で、付き合ってもないのに結婚してさ。愛のない結婚だって最初からわかってたのに、『幸せな家庭を築けるように努力する』っていう祐駕さんの言葉を鵜呑《うの》みにして、それで幸せになれるんだって思い込んで――」

「じゃあなんで今も結婚続けてんだよ、お人よしがすぎるだろ」

志前君はそっぽを向いて自嘲を続ける私に、真剣な声色で紡ぐ。私はその迫力に、口をつぐんだ。

「自分を犠牲にして生きてたら、永遠に幸せになんてなれねーよ。でも――」

志前君は、私の顔を無理やりに覗いた。その真剣な瞳に、ごくりと唾をのむ。

「――俺なら、咲多を守ってやれる。お前のこと、永遠に幸せにする」

「やめてよ、そんな冗談」

「冗談なんかじゃない。今すぐ離婚しろよ。俺が、すぐに結婚してやる。俺が、〝幸せな家庭〟を築いてやる」

冗談じゃないのはわかっている。だけど、祐駕さんを好きになってしまった今、私は志前君の気持ちに応えることはできない。だから、彼の本気を冗談にして受け流そうとしたのに、それも許してくれないこの状況に、私は困惑してしまう。

「俺は咲多が好きだ！　ずっと好きだったし、今でも好きだ。収入面ではアイツにはかなわないかもしれない。でも、俺なら絶対に咲多を悲しませたりしない」

志前君の手が私の両肩にのり、じっと見つめられる。こんなに真剣な顔をする志前君を、初めて見た。彼は仲のいい同期で、信頼できる仕事仲間で、気の置けない人だ。だけど、志前君への恋愛感情は、これっぽっちもない。彼との結婚なんて、ありえない。

「無理だよ、志前君との結婚なんて」

「じゃあ今の結婚続けて、咲多は幸せになれるのかよ！」

志前君の強い口調に、私はうつむき、下唇を噛《か》みしめる。ネックレスのタンザナイトが目に入り、私は拳を握った。すると今度は、左薬指に嵌めた指輪がひんやりと痛い。

それでも、私は祐駕さんが好きだ。

結婚は突然だったけれど、彼に助けられて、彼の誠実さを垣間見て、優しさを隔てなく与えられる人だとわかって、彼の夢を知って、私は祐駕さんがどんどん好きになっていった。だから――。

「志前君、ごめん。私、それでも祐駕さんが好きなの」

すると彼は、私の肩に置いていた手にぎゅっと力を込めて、軽く揺すった。

「なんでだよ。咲多はアイツに苦しめられてるんじゃないのかよ！」

「確かに、そうかもしれない。でも、それでも好きなの」

「愛がないのに結婚するなんて、都合のいいように利用されてるだけなんだぞ？　気持ちを振り回されてるんだぞ⁉」

志前君の言葉が、ナイフのように胸に突き刺さる。我慢していた涙が、再びあふれ出した。

「わかってる。でも、それでも好きなんだよ」

「俺だって咲多が好きだ。それに、俺にはアイツと違って、嘘も偽りもない、咲多への愛がある」

志前君の声は、涙ながらにつぶやいた私の言葉を消し去るような、強い声だった。

「だから、俺にしろよ」

あふれ出してしまった涙のせいで、なにも言えなくなってしまった。すると、私の顔を志前君が覗き込む。なんとか言葉を紡ぎたくて、絞められてしまったように苦しい喉をなんとか解放し、声を発した。

「無理だよ。だって、私には――」

祐駕さんという、夫がいるから。そう言いかけた時、階段をこちらに駆け下りてくる足音が聞こえた。

「映茉！」

思わず、顔を上げる。

「祐駕、さん……」

彼の名をつぶやくと、祐駕さんはそのまま私の腕を引っ張った。反動でよろけてしまった私の腰を、彼の腕がしっかりと抱きとめる。

「志前旭飛。既婚者を口説くお前の神経、まったく理解ができない」

祐駕さんはそう言いながら、怖い顔で志前君を睨みつける。それから、私を振り向くと優しい笑みを向けた。

「映茉、大丈夫か？」

志前君に向けたのとはまるで違う表情に、私の胸はトクリと高鳴る。やっぱり、好きだなあ。私を苦しめる相手を好きになってしまうなんて、私は馬鹿なのかもしれない。それでも、好きなのだから仕方ない。

「どの口がそれを言うんだよ！」

志前君はひどく怒っていた。聞いたことのないくらいの怖い声で、祐駕さんに噛みつく。

「愛がないのに結婚したんだってな。相手が生身の人間だってわかってんのか？　咲多がどんだけ傷ついてんのか、わかってんのか⁉」

志前君の視線は、見たことないくらいに鋭い。しかし、祐駕さんはなぜか途端に顔をしかめた。

「愛がない、だと？」

そう言うと、祐駕さんはまっすぐに志前君を見る。

「俺は、映茉を愛している」

真剣な顔。志前君に向ける、鋭い視線。私の腰を抱く、強い力。私は、祐駕さんが嘘を言っているとは思えなかった。それから祐駕さんは私を見る。優しい、私の大好きな笑顔を浮かべていた。

「映茉、愛している」

思わず胸が甘く跳ねる。しかし、そんな祐駕さんにも志前君は再び噛みついた。

「口先でならなんでも言えるだろ。咲多は不安で泣いて、悲しんでた。お前が咲多を大切にしねーから！」

志前君の声に、彼の方を向き直った祐駕さんは顔を歪ませたが、それは一瞬。すぐに、その顔に苛立ちを浮かべる。

「これは、ふたりの問題だ。それから、彼女はもう咲多じゃない。〝持月〟だ」

祐駕さんは志前君にそう言うと、再び私の方を向く。

「帰るぞ、映茉」

祐駕さんはそう言いながら、私の腰を抱くのと反対の手でスーツケースを持つと、流れるように志前君に背を向けた。私もその動きに逆らえず、彼に背を向ける。すると祐駕さんは、私の腰を強く抱いたまま、足早に歩きだした。

「おい、待て！」

志前君の声が背後で聞こえたけれど、祐駕さんが一度振り返って鋭い視線を投げたら、彼の声はそれ以上聞こえなくなった。

早足の祐駕さんに腰を抱かれ、半ば引っ張られるように帰宅した。朝明台駅から自宅までの道のりは短く、すぐにマンションに着く。エントランスに入ると、ようやく祐駕さんは私の腰を解放してくれた。

「映茉、悪い、早足だったな。大丈夫だったか?」

祐駕さんは困ったように眉をひそめる。

「はい、大丈夫です。けど――」

言いかけたところで、マンションの住民がちょうど通りがかった。私は祐駕さんと共に会釈をして、そそくさと部屋へ向かった。

いつものようにマンションの部屋の鍵を開け、中に入る。すると、祐駕さんは急いたように部屋の扉を閉め、その場で私を抱きすくめた。

「映茉、悪かった。俺は映茉を勘違いさせ、泣かせてしまったんだな」

彼の優しい謝罪の声に、顔を上げる。途端に、祐駕さんは目を見開き、その顔が歪んだ。玄関の明るい照明の下では、私のぐしゃぐしゃになった顔は隠せなかったらしい。仕方ない。先ほどまであんなに泣いていたのだ。

祐駕さんの瞳が揺れる。それでも、彼は口を開いた。

「誰よりも大切に思っている。俺には、映茉だけだ。信じてほしい」

伝えられたのは、心のこもった愛の言葉。彼の目は、真剣にこちらに向けられている。

「日本とドイツで離れ離れで、映茉が恋しくて仕方なかった。やっと帰国したのに、朝明台駅についたら映茉が志前に告白されていて、俺がどれだけ焦ったと思う？」

　そう言う彼の瞳に映るのは、私だけだ。じっと見つめられ、心が震えだす。だけど、不安な気持ちが消えたわけじゃない。

「でも祐駕さん、結婚のことを『法律上の関係』って言ってましたよね。愛なんてなかったじゃないですか。私たち、偽装結婚だったじゃないですか。なのに、今さら――」

「確かに、最初は愛などなくてもいいと思っていた。だが、映茉を知れば知るほど、惹かれて仕方なかった。今は、映茉を愛していると、心からそう思っている」

　祐駕さんは我慢ならないと言うように、私の言葉を遮って想いを伝えてくる。その真摯な言葉に、声色に、思わずほろほろと涙があふれ出した。すると、祐駕さんは私の背に触れていた手で、頬を伝う涙をそっと拭ってくれる。

「もっと早くにこの気持ちに気づくべきたった。俺は映茉が好きなんだ。誰よりも、大切なんだ。愛しているんだ」

　彼の言葉に、真剣に私を見つめる瞳に、想いが痛いほどに伝わってくる。だけど、私には気になることがある。

「エミリアさんは、いいんですか？」

彼女の名を口にすると、胸にざらりと嫌な感情が押し寄せてくる。だけど、聞かなければ。

「エミリア……？」

祐駕さんがそう言って、私の頬から手を離した。

「なぜエミリアが関係あるんだ？」

「空港で一緒にいたから……、腕を組んで、仲よさそうだったじゃないですか」

言いにくいけれど、一生懸命に紡ぎ出す。それでも言葉に棘《とげ》があるような言い方にしかならなくて、私は思わずうつむいた。

「空港まで、来てたのか？」

うつむいたまま、こくりと頷いた。

「そうか、それでその格好……」

祐駕さんはそう言うと、私の着ていた服をなぞるように、肩から腕にかけてそっと手をすべらせた。彼の口から、優しい吐息が漏れる音が聞こえる。

「誤解だ。エミリアは飛行機に酔ってしまって、俺にもたれていただけだから」

「でも、仲よさそうでしたよね？　楽しそうでしたよね？」

「映茉にもうすぐ会えると思ったら、つい、な」

祐駕さんのその声に、思わず顔を上げる。彼は優しく微笑み、私の髪をさらりと撫でた。

「いろいろと話さなければならないな」

私たちはまだ、靴を履いたままだしコートも着たままだ。スーツケースを玄関に置いたまま、私たちは奥へ向かった。

祐駕さんと共に、リビングに入る。まだ引っ越しの片づけが終わっていなくてダンボールだらけだったけれど、祐駕さんはその間を縫って歩き、私を先に備え付けのソファに座らせると、自分も隣に腰かけた。

「なにか飲むか？　温かいもの」

「いえ、今はいいです」

全館暖房完備のマンションは、いつも快適な温度に保たれている。それに、お茶やコーヒーよりも、早く祐駕さんの話の先が聞きたかった。

「エミリアのことだよな」

祐駕さんは私の心の内を察したように切り出す。こくりと頷くと、祐駕さんは眉をひそめてため息をこぼした。

「エミリアは、俺の縁談の相手だったんだ」

「え……?」

その言葉に、ぞわりと胸が嫌なふうに震えた。

「だが、俺とエミリアはそういう関係になることを望んでなかった。前に言っただろう、『互いに望まない縁談をもちかけられている』と」

「『互いに』ですか?」

「ああ。俺に相手がいないことを心配したフリートベルク氏が言いだしたんだ。俺とエミリアがよく話をしているから、それなら結婚したらいい、と。それがどこかの筋を通して俺の母親にまで伝わって、乗り気になってしまって。どう断るか、困っていた。エミリアだって怒っていたんだ」

「どういうことですか? エミリアさんと祐駕さん、仲いいですよね?」

「俺の声がエミリアの好きなアニメのキャラクターの声に似ているらしく、俺がしゃべるたびに勝手に彼女が騒ぐだけだ」

「はい……?」

思わず、漫画のようにぽかんと口が開いた。祐駕さんはもう一度深いため息をつきながら、「俺は似てるとはまったく思わないんだがな」とつぶやく。

「エミリアと一緒に日本に来ることになったのも、彼女がアニメの舞台である日本を観光したいと言いだしたからなんだ。聖地巡礼をするのだと言っていた」

「セイチ、ジュンレイ……？」

首をかしげる私に、祐駕さんは説明してくれた。エミリアさんはどうやら、日本のアニメオタクらしい。日本へ来たのはそのアニメで描かれた土地を巡る旅行のためだそう。

「年頃の娘のひとり旅を心配したフリートベルク氏が、せめてもと俺の帰国に合わせて同じ飛行機の便を取ったんだ。エミリア本人は、子供扱いしないでとご立腹だったがな」

祐駕さんはやれやれというように、頭をかかえてそう言った。そんな困った様子の彼を見ていたら、不安だった気持ちが少しずつ解けてゆき、ほう、と息がこぼれた。

「とにかく、エミリアとの仲は疑われるようなものじゃない。アイツが勝手にキャーキャー言っているだけだ」

「でも、エミリアさんが祐駕さんのことを好きだって可能性は――」

「ない。アイツはただ日本のアニメへの愛が深いだけだ」

祐駕さんはそうきっぱりと言いきると、急に私を愛でるように、優しい視線をこちらに向ける。

「俺が愛しているのは、映茉だけだからな」

その表情に、言葉に胸がときめくけれど、私にはまだ気になることがある。

「じゃあ、あの写真はなんだったんですか?」

「写真?」

私の問いに、彼は首をかしげる。私はドイツでのレセプションの後、祐駕さんのベッドサイドでエミリアさんと一緒に映っていた写真を見たことを話した。

「ああ、あれか」

祐駕さんはそう言うと、立ち上がり玄関へ向かう。スーツケースを開ける音がして、それからすぐに彼は戻ってくる。その手には、あの写真が握られていた。赤いハートで、祐駕さんとエミリアさんが囲まれている、あの写真だ。

「みんな、向こうの大学にいた時の、同じゼミナールのメンバーなんだ。彼女とは、ミュンヘンで会っただろう?」

祐駕さんが指をさした先にいたのは、アッシュブラウンの髪に、きりっとした眉、くっきりとした二重の女性だ。確かに見覚えがある。

「たまにゼミナールのメンバーで会って食事をしていたんだが、それはその時の写真に彼女が書いたものなんだ。彼女はてっきり、俺とエミリアが結婚すると思い込んでいたらしい」

　赤いハートマークを指さす祐駕さんは、苦い顔をする。

「あの時、映茉にも謝っていただろう。それは、このせいだ」

　確かにあの時、ミュンヘンのホテルの前で、片言の日本語で謝られたことを思い出す。あの謝罪は、てっきり夫婦の時間を邪魔したことに対する謝罪だと思っていた。

「そうだったんですね。……勝手に、勘違いしてすみません」

　体から力が抜けてゆく。私は再び、ほう、と息を漏らした。

「いや、今思えば、こんなもの勘違いするのも当然だな。俺も、黙っていて悪かった。ほかに、不安なことはないか？」

　祐駕さんは、なんでも白状するとばかりに私に視線を向ける。

「じゃあ、もうひとつ。年越しの写真、送ってくれたじゃないですか。あれに、エミリアさんが映り込んでいたんですけど――」

　すると、祐駕さんはスマホを取り出して、該当する写真を見つけ出し私に見せてくれた。

「本当だ、エミリアが映っているな」

祐駕さんも気づいていなかったらしい。

「確かに、年越しもエミリアと一緒にいた。だが、この時はフリートベルク氏もいたんだ。フリートベルク氏は、少々過保護だからな。自分の娘が一緒にいないと、落ち着かない節がある」

そう言って、苦笑いをする。私はもうずいぶんと安心し、きっとこの写真もたまたま写り込んだだけなのだろうと納得できた。

ほかにもあったいろいろなことは、おそらく全部誤解なのだろうと思う。それがわかると、体からどっと力が抜けた。思わずソファの背もたれに体を預ける。すると、祐駕さんはそんな私の顔を覗き込んできた。

「もう、大丈夫か？」

その瞳は、まだこちらを心配するように揺れていた。

「はい。なんだか安心したら、気が抜けちゃいました」

勘違いをしていた申し訳なさに眉をひそめ、それでも祐駕さんに笑みを向けたくて、口角を上げた。すると、祐駕さんは私の頬に優しいキスを落としてくる。トクリと胸が鳴り、思わず目を見開くと、祐駕さんは私の髪をさらりと撫で、私を見つめた。

「不安なことがあるなら、どんな些細なことでも言ってほしい。俺はもう、映茉を不安にさせたくなはないんだ」

　そう言う祐駕さんに、私はううんと首を横に振る。

「平気です。演技じゃないんだって、ちゃんとわかりましたから」

「演技？」

　私の言葉に、祐駕さんが目を丸くした。私は勘違いをしていたことが恥ずかしくなって、もじもじしながら答えた。

「私、『幸せな家庭を築けるように努力する』っていう祐駕さんの言葉を受けて、私がそういうふうに感じるように演技してくれてるんだって、思い込んでたんです」

「そんなこと、できるわけない」

　祐駕さんは私の言葉にかぶせ気味にそう言うと、私の胸元に光るネックレスを指先で丁寧に撫でた。

「俺は、嫉妬に駆られて映茉を独占したくなって、風よけになると言って抱きしめ、別れのキスだと言い訳をして口づけてしまうような、そういう男だ」

　私の脳裏に、籍を入れたばかりの頃のことが思い出された。羽田空港のデッキで、『風よけに』と彼が私を抱きしめてくれた、あの夜のことだ。

「映茉と離れるのが惜しかった。少しでも長く一緒にいたかった。あの時はこの気持ちをまだ意識していなかったが、映茉に焦がれて仕方なかったんだ」

彼がドイツに帰国した、あの夜から、祐駕さんはもう、私を――。

トクトクと早まりだした鼓動を聞きながらそっと彼を見上げると、祐駕さんはほんのりと頬を染めている。だけど、私を見つめる真剣な瞳は、愛しさを孕《はら》んでいる。

「ごめんなさい、祐駕さん……」

私が、間違っていた。彼の愛を感じていたのに、愛がないと思ってしまった。安堵と、嬉しさと、愛しさ。いろんな感情を言葉に乗せる。祐駕さんはそんな私の『ごめん』を受け取ってくれたのか、私をぎゅうっと抱きしめてくれた。

私は、祐駕さんの〝家族〟なんだ。そう、実感した。

「これからは、ちゃんと気持ちも伝える。映茉に、誤解を与える隙もないくらいに」

腕の中から見上げた祐駕さんは、優しく口角を緩める。クールな彼の、優しい笑顔。私の、大好きな笑顔だ。

「祐駕さん……」

私はたまらず、ぎゅっと彼の背に手を回す。すると、頭上から愛しい声が降ってきた。

「映茉、大好きだ。愛している」

顔を上げると、祐駕さんは少しだけ切なそうに顔を歪めていた。

「だから——俺と幸せな家庭を、一緒に築いてほしい。俺には、映茉が必要なんだ」

彼の言葉をじっくりと味わうように、じっと彼を見つめた。その間、祐駕さんは瞬《まばた》きもせずに、私をずっと見つめ返してくれた。

「はい。私も、祐駕さんと、幸せな〝おしどり夫婦〟になりたいです」

いろいろなものがこみ上げて、泣きそうになりながら告げる。すると、私の唇は祐駕さんに優しく塞がれた。彼の想いが、愛しさが、唇から胸に伝わって、私の中にあふれてゆく。

口づけが離されると、背に回っている祐駕さんの手に力が込められた。その腕から伝わる温もりが、これが本物の愛だと伝えてくる。私はそれからしばらく、そのまま彼の体温を味わっていた。

◆◆◆

いろいろと互いに思い違いがあったが、気持ちを確かめ合い、俺は映茉を抱きしめていた。背に回る彼女の華奢な腕の温もりに、この上ない幸せを感じる。

これから彼女と共に暮らす、俺たちの〝新居〟。ふたりきりのその空間で、幸せそうに頬を緩め俺を抱きしめ返してくれる彼女に、愛おしさがあふれる。ずっとずっと、会いたかった人。俺の、愛しい妻。そんな彼女の体温を感じながら、俺は先ほどまでのことを思い出していた——。

飛行機に乗り込んだ俺は、離陸前のわずかな時間に、SNSでの映茉とのやり取りを見返していた。朝起きた直後、寝る前、仕事の空き時間など、ちょっとした時間にはこうして、彼女とのやり取りをつい眺めてしまう。

【予定通りの飛行機に乗った。もうすぐ会えるな】

彼女にそうメッセージを送ったところで、エミリアがいつものようにドイツ語で声をかけてきた。

《なにその顔。わかった、奥さんからのメッセージを見てるのね》

隣の座席に座る彼女は俺のスマホを覗き込むと、俺の顔を見てからかうように嫌そうな顔をした。

《ああ》

どんな顔をしていたのかはわからないが、表情筋が意図せずとも勝手に動くのを感じた。
《いいわねえ、愛だわ！》
先ほどまでの嫌そうな顔が、突然ぱあっと明るくなる。エミリアの豊かすぎる感情表現に付き合うのは疲れるが、今回ばかりは流せない。
《愛……？》
彼女の言葉になぜか胸が過剰に反応し、彼女の言葉を繰り返す。すると、エミリアはきょとんと目を丸くした。
《まさかユウガ、奥さんに言ってないの？》
《なにをだ？》
《愛してるって》
当然のように言われ、こちらがきょとんとしてしまった。
《言っていないのね》
エミリアは大げさすぎるため息をこぼした。
《ダメよ、言わないと》
《そういうものか？》
《そういうものよ！　いつも言ってるでしょ？　私の好きなアニメの主人公も――》

エミリアの話が大好きなアニメに逸れて、俺はそれを聞き流す態勢に切り替えた。

そうか、愛か。伝えたことは愚か、考えたこともなかった。しかし言われてみれば、心の中にいつでもいる映茉を、確かに愛しいと思っていると気づく。

ドイツに映茉を招いた時、つい王子様ぶるなんてことをしてしまったのも、彼女の平和を願う気持ちに心が解けていったのも、パーティーの時に彼女に同僚が触れそうになり、とっさに同僚を睨んでしまったのも。彼女の帰国の際に空港でキスをしてしまったのも、夜中まで起きて彼女と電話をしたのも、必死に共に住む物件を探したのも。

らしくない行為をしてしまったのはすべて、彼女を愛しいと思っているからだ。

いつからだろう。こんなに愛しくて、仕方がないのは。映茉との出会いを振り返ると、時折嫉妬心に駆られるが、それでも俺の頬は緩んで仕方がない。

日本に着いたら伝えたいと思う。映茉に、この気持ちを。

《ああ、変なユウガ》

エミリアはそんな俺を見てクスクス笑っていたが、俺はそんなことが気にならないくらい、頭の中が映茉でいっぱいだった。早く、映茉に会いたい。

寝ていればいいものを、日本が近づくにつれ興奮し、ひたすらに大好きなアニメの視聴をしていたエミリアは、飛行機を降りる時には酔ってしまっていた。仕方なく腕にもたれかからせたまま、入国手続きをしてロビーへ向かった。飛行機内ではエミリアの興奮具合にあきれていたが、日本に戻ってきた俺も映茉にもうすぐ会えるのだと思ったら嬉しくて仕方ない。

回復したエミリアと空港で別れ、意気揚々と朝明台駅に向かった。もうすぐ、待ち望んでいた映茉とのふたり暮らしが始まるのだ。

朝明台駅で電車を降り、改札を抜け、自宅のある方向へ歩みを向ける。

「俺だって咲多が好きだ。それに、俺にはアイツと違って、嘘も偽りもない、咲多への愛がある」

聞こえてきた声に、思わず顔をしかめた。

「だから、俺にしろよ」

この声は、おそらくアイツだ。まさかと思い、大きなスーツケースを持ち上げ慌てて階段を駆け下りる。声の主は、思った通り志前だった。しかも、彼の目の前には映茉がいる。

アイツはいったい、なにを思って人の妻に告白なんてしてるんだ！

「映茉！」

思わず彼女の名を叫ぶ。彼女がこちらを向いた。

「祐駕、さん……」

俺は階段を下りきると、彼女の腕を引き腕の中に奪い返した。愛がないのに結婚したと俺をなじる志前にひどく腹が立ち、同時に飛行機内でエミリアに言われたことを思い出して、言葉足らずだった自分にも腹が立った。とにかく今は、志前の前から彼女を連れ去りたい。

「俺は、映茉を愛している」

そう宣言すると、俺は強引に映茉を新居へ連れ帰った。

エントランスにつくと、映茉が軽く息を切らしていた。彼女のペースも考えずに早足になっていたことに気がつき、また自分に腹が立った。大切にしたいと思うのに、どうしてこんなに格好悪いことばかりしてしまうのだろう。彼女に気遣う言葉をかけながら、無理やり紳士を装った。

しかし、部屋に入った途端に、俺は映茉を独占したくなった。彼女が自分の妻なのだと、どうしても確かめたくて、玄関で抱きすくめた。同時に、こんなことになってしまったことを悔い、自分の想いを伝えなければと口を開いた。

「誰よりも大切に思っている。俺には、映茉だけだ。信じてほしい」

こんなことを言うのは俺らしくない。だけど、映茉には知ってほしいと思った。自分が映茉をどれだけ思っているか、どれだけ映茉に心を乱されるのか。

言い訳がましいけれど、言葉にしなければ伝わらない。なんとか彼女の誤解を解きたいと、言葉を紡ぐ。すると彼女が今日おしゃれをしていた理由を話し、それが俺のためなのだと察して笑みが漏れた。それで、こんなにも映茉の行動に一喜一憂するのだと、改めて思い知らされた。

――やがてエミリアに対する誤解を解くと、彼女も勘違いをしていたことを告白してくれた。彼女は『ごめんなさい』と謝ってきたが、言葉足らずな俺の方が断然悪い。不安にさせて悪い。この気持ちに気づくのが遅くなって、悪い。格好悪すぎる自分に心底あきれ、失望する。

しかし今、映茉はそんな俺をこうして抱きしめてくれている。彼女の幸せそうな顔を見ているだけでたまらない気持ちになり、そのおでこに優しいキスを落とした。すると彼女は恥ずかしそうに、けれど嬉しそうに頬を緩める。見上げてきた彼女の唇を、俺は再び優しく塞いだ。

「祐駕、さん……」

切なげな声で名を呼ばれ、余計に愛しさが募る。俺の名を紡いだかわいらしい唇に自分のそれを寄せると、残っていたわずかな理性が弾け飛んだ。何度もついばみ、彼女の呼吸ごと奪い取る。いきなりで動揺しているだろう彼女は、息も絶え絶えになりながら、それでも必死に、俺の唇を、舌を受け入れてくれる。

こんなに愛しいのに、どうして不安にさせてしまったのだろう。どうして俺は、アイツに付け入る隙を与えてしまったのだろう。思い出すと、嫉妬に胸が狂いそうになる。

まだ蕩ける彼女の唇から自分の唇を離し、代わりに彼女のワンピースから見えていた鎖骨に口づけた。ちゅっと吸いついて離すと、白い肌に綺麗な赤い花が咲く。

「映茉、いいか？」

「はい……」

彼女はそっと俺の首元に手を伸ばす。受け入れてくれた優しい彼女をそっと抱き上げ、俺は映茉を寝室に運んだ。

備え付けのベッドはクイーンサイズのダブルベッドだ。月明かりを頼りに、早急に、けれど優しく彼女を押し倒した。彼女の温度を感じたくて、独り占めしたくて、手早く彼女の服を取り去った。こんな子供じみた独占欲を、彼女は身をよじらせながら甘い声で悦《よろこ》んでくれている。それに反応するように、俺の体もこんなに早く熱くなる。もう、すでに限界だった。

「映茉と交わりたい」

彼女への欲情があふれて止まらない。彼女の体に手を這《は》わせ、敏感なところに触れながら言うと、彼女はその瞳を潤ませて俺を見つめる。

「私も、早く欲しいです」

たまらない。残っていたわずかの理性が消え、彼女の熱を奪うように勢いよく抱いた。

早急に求めたのに、彼女は応えてくれた。つながったまま、何度も彼女にキスを落とす。背中に伸ばされた小さな手はひんやりと冷たいが、それが余計に俺の熱を駆り立てた。

「愛している」

彼女の熱を感じながら、昂ぶる感情に身を任せながら、何度も艶やかな声を漏らす映茉に伝えた。

「私も、愛してます」

映茉の口から紡がれた言葉に、ドキリと胸を打たれた。涙があふれそうになった。

たまらずに彼女を強く抱きしめ、その熱を彼女の奥まで押し込んだ。言葉ひとつで、こんなにも満たされるとは。

俺の胸の中で、小さく身じろぎをしながら、果ててしまったらしい彼女に愛しさが募る。幸せというのは、こういうことなのかもしれない。

同時に、彼女にこの想いを伝えられていなかった自分の愚かさに気づく。愛されていないと思いながらも、俺のためにドイツへ単身飛んできたり、引っ越しをしたりしてくれた。俺のために、いろいろ考えて行動してくれた。そんな健気《けなげ》な彼女の心情を想像し、胸が痛くなる。それは、どれだけつらかっただろう。

だから次からは、不安にさせないように伝えよう。これから先、何度でも、ずっと。

「愛している」

腕の中でそのまま寝息を立て始めた彼女のおでこに、俺はそっとキスを落とした。

◆◆◆

気怠《けだる》い体、けれど温かく満たされた心。優しく髪を撫でる気配に閉じていた目を開くと、すぐ横に祐翼さんがいた。どうやら、私は果てたまま眠ってしまったらしい。

頭の下にあるごつごつしたものは、彼の腕だ。

「悪い、起こしてしまったな」

優しく目を細められ、それだけで胸がいっぱいになる。いいえ、と首を軽く横に振りながら、幸せに頬が勝手に緩んでゆくのを感じた。

「映茉が愛していると言ってくれて、たまらなく嬉しくなった。ありがとう」

「祐駕さん……」

そういえば、熱に浮かされてそんなことを口走った気がする。改めて言われると恥ずかしい。胸元にあったシーツを顔までかぶったけれど、祐駕さんはそれをめくって私の唇に触れるだけのキスを落とした。

それで幸せに満たされる。だけど、ふと思った。この愛はいつからなのだろう。

「あの、ひとつ聞いてもいいですか？」

「なんだ？」

祐駕さんは私の髪を撫で続けながら、優しくて愛しい笑みを浮かべた。

「祐駕さんは、いつから私のこと、好きだったんですか？」

私が聞くと、彼は私の頭を撫でる手を止める。不思議に思って見上げると、祐駕さんは目を見開いていた。しかしそれは一瞬で、すぐになにかを考え込むように、どこかに視線をやる。そんな彼をしばらく見ていると、不意に彼がふっと笑った。

「俺は、もしかしたら――」

愛おしそうに目を細められ、胸が高鳴る。

「――あの頃から、映茉を好きだったのかもしれない。高校の頃、自分の受験に遅刻してまでおばあさんを助けていた映茉を、当時は単に格好いいから印象に残っているのだと思っていた。だが、今思えば、あの気持ちも、全部恋だったのかもしれない」

祐駕さん――。

少しだけ恥ずかしそうに話す彼を、心から愛おしいと思う。だから、私はたまらず彼の唇にキスを落とした。すると、祐駕さんも私の唇を奪う。再び重なった唇は、何度も何度もお互いを求める。

新ためて互いの気持ちを確かめたこの夜、私たちは幸せに溶かされるように、何度も求め合った。

6　新たな試練と、私の決意

「どう、ですか？」

　プランナーさんが試着ルームのカーテンを開けるのと同時に、私はうつむいたまま祐駕さんの方へ体を向けた。

　今着ている純白のドレスは、祐駕さんが選んでくれたデザインのもの。裾の華やかに広がる、プリンセスラインのウェディングドレスだ。ふんわりとした、レースのオーガンジーが美しい。

　こんなにきらびやかなドレスに自分が身を包んでいるなんて、なんだか信じられない。恥ずかしくてうつむいていたけれど、祐駕さんがなにも言わないので顔を上げてみる。そこにいたのは、テールコートに身を包んだ彼だった。

　ドイツでレセプションの時に着ていたタキシードも格好よかったけれど、格式高いこのスタイルも似合ってしまうのが彼らしい。ジャケットのスワローテイルは、脚の長い彼にぴったりだと思う。

　つい見とれていると、「うふふ」とプランナーさんの声が聞こえる。私たちは同時にはっとして、互いに顔を逸らせてしまった。

「悪い、つい」

「いえ、私もすみません」

今、私たちは結婚式の準備に勤しんでいる。というのも——。

『え、結婚式、挙げるんですか？』

同居を始めた翌日。朝食の席で突然祐駕さんに『結婚式はどうしようか』と言われて、思わずそう返してしまった。

『当たり前だろう。俺が帰国したら式を挙げると、映茉のお母様の前でそう宣言したはずだ』

祐駕さんはしごく当然のように答えた。

愛のない結婚だと思っていたから、あれは祐駕さんのでまかせだと思っていた。だけど、それを覚えていてくれただけでなく、当たり前のように実行してくれようとしている。そのことが、すごく嬉しい。

『結婚式かあ、どんな式なんでしょうね。なんだか楽しみです』

『挙げるのは俺たちだ』

『そうでした……』

なんとなく他人事《ひとごと》のような気がしてしまったが、結婚したのは私たちだ。急に〝新婚〟なんだと実感が湧いてきて、クスクス笑う祐駕さんに私の頬は緩んでしまった。

――それで、私たちは互いの仕事の合間を縫って、結婚式の準備を始めた。祐駕さんは帰国したばかりで仕事が忙しく、帰宅するのが遅い日も多い。それでも、休みの日を私に合わせ、結婚式の準備を一緒に進めてくれている。

式場は祐駕さんにぴったりだからと横浜山手にある外交官の家をチョイスした。披露宴は山下公園の望める老舗ホテルだ。そこを押さえたら、次はドレス選びだと、同居を始めて一か月後の今日、こうしてウェディングサロンを訪れて、祐駕さんが選んでくれたドレスを着ているのだけれど、まさか彼まで着替えているなんて思わなかった。

「これに、決めようかな。祐駕さんが選んでくれたものですし」

「ああ」

言葉少ない反応だけれど、彼のことをわかった今は、それでも最大限に彼の愛情を感じる。私は、幸せ者だ。

やがて私服に着替え、ウェディングサロンを出た。幸せな気持ちで、山下公園を祐駕さんとふたりで歩く。すると、不意に祐駕さんが顔を歪ませた。

「いろいろと早々に決めてしまったが、本当によかったのか？」

悪い知らせかと思い身構えてしまったが、そうでなかったことに安堵し、愛しさがあふれる。私はその愛しさを胸に、祐駕さんに笑みを向けた。

「はい。むしろ、嬉しいです。私のためだって、言ってくれたじゃないですか」

祐駕さんが結婚式を急いでくれている理由は、私から不安を取り去るためだ。入籍してからドイツと日本で離れ離れだった間、私を不安にさせてしまったから、という理由だった。そんな風に、こんなに想ってくれる祐駕さんと挙式できる。嬉しくないわけがない。

「ああ、そうだな」

祐駕さんの私を愛でる目線は優しい。それだけで、どうしようもなく幸せに満たされる。

その日は、料理の選定も兼ねて、披露宴予定のホテルでディナーを頂いた。ただおいしく頂くだけでなく、披露宴のメニュー選定も兼ねているのだと思うと背筋が伸びる。

「映茉は気に入ったメニュー、あったか？」

「牛肉の赤ワイン煮込みがいいと思いました。口当たりもよくて、年配の方でも食べやすいかなって」

「そうだな……」

私の言葉を聞きながら、祐駕さんは顎に手を置く。

「さっぱりしたメニューもあった方がいいかもしれないな」

「確かにそうですね。メインをこれにするなら――」

会話をしながら、なんでも真剣に、ひとつひとつ一緒に吟味してくれる祐駕さんに、愛しさがあふれ出す。

「デザートは――」

「この、チョコがけのバウムクーヘンがいい」

「ふふ、祐駕さんならそう言うと思いました」

やがて食後。コーヒーを互いに嗜みながら、これからの確認をした。

「あとは、細かいところを詰めていくだけだな。来客リスト、早めに作ろう。それから――」

なにか忘れたことがないか確認するように、祐駕さんは空を見る。それから、私にニコリと微笑んだ。

「ほかにも要望があるなら、遠慮なく言ってくれ」

「はい」

ホテルを出ると、みなとみらいの夜景を見ながら、ちょっとだけ散歩して、電車に乗って帰った。キラキラした夜景は、秋に見た時から変わらない。籍を入れたあの日から、もう約半年が経つ。

少しずつ、家族になっている。私たちにあるのは、もう、法的な婚姻関係だけじゃない。

そう、はっきりと思えていた。


それから数日後、祐駕さんは仕事で、私は休みの今日。

私は引っ越しのダンボールを開き、片づけをしていた。仕事に、祐駕さんとの時間に、結婚式の準備。そんな毎日を過ごしていると、なかなか引っ越しの片づけが終わらないのだ。

すると、不意にインターフォンが鳴る。とくに宅配便も、来客の予定もなかったはずだ。誰だろう。不思議に思いながら、インターフォンのモニターを覗く。映っていたのは、祐駕さんのお母さんだった。

「ごめんなさいね、突然お邪魔してしまって」

「いえ、とんでもないです。散らかっていますが、どうぞ」

部屋にお義母さんを上げ、リビングのソファに座ってもらう。キッチンでお茶を淹《い》れていると、まだ開けていないダンボールの残るその部屋内を、お義母さんはキョロキョロと見回していた。

「まだあまり片づいていないのね」

緊張しながらお茶を出すと、お義母さんはそう言った。

「すみません。仕事の合間に片づけをしているので、なかなかまとまった時間が取れなくて」

「お仕事、まだなさってるのね」

お義母さんがため息交じりにそうこぼして、私の体は硬直した。斜め向かいに座ろうと思っていたが、座れなくなってしまった。

お義母さんは、仕事を続けている私のことをよく思っていない。それはそうだ。挨拶の時も祐駕さんが押し通して、私たちは結婚してしまったのだから。

「本当に、お仕事辞める気はないのかしら？」

お義母さんが私のことを睨むように見る。それで、私はなにも言えなくなってしまった。お盆を握りしめて立ちすくんでいると、お義母さんは「座りなさいよ」と私を促す。

「失礼します」

私がソファに座ると、お義母さんは再び口を開いた。

「私、キャビンアテンダントだったのよ。とっても好きな仕事だったの」

「え？」

お義母さんの口元は、ほころんでいる。昔を懐かしむような、優しい笑顔を浮かべていた。

「でもね、あの人と結婚すると決めて、私は仕事を辞めた。あの人の、夢のために」

お義母さんは途端に目を細める。お義父さんのことを心から想っているのだろうと、そう思えるような笑顔だった。

「外交官って、とても大変な仕事なのよ。発言ひとつで、国同士の関係が変わってしまうかもしれない。それでも、安定した国際社会のために、国同士のために、必死で仕事をしているの。それを支えるのが、外交官の家族の——妻の役割だと、私は思ってる」

お義母さんは言いながら、じっと私の瞳を見た。

「あなたは、祐駕の妻として、そういう覚悟はあるの？　外交官の夫を支える覚悟」

「私は……」

　言葉に詰まってしまった。「ある」と今、言うのは簡単だ。だけど、私はその先を紡げなかった。どうやら私の覚悟は、そこまでではなかったらしい。

「この聞き方じゃ、意地悪だったわね」

　自問するように胸に手を当て黙っていると、お義母さんはそう言って、幾分表情を和らげた。

「祐駕の決めたことなら口を出すなって、夫にも言われたわ。でも、祐駕の母親としては、どうしても口を出したくなってしまったの。祐駕、ひとりでなんでもしてしまうところがあるでしょう。器用だからこそ、どこかで潰れてしまわないか、心配なのよ」

　確かに、祐駕さんはひとりでなんでもできてしまう。ドイツの観光の時だって、この家を決めた時だって、全部、彼ひとりに負担をかけてしまった自覚はある。

だから、お義母さんの気持ちはわからなくもなかった。きっと、子を心配する親心なのだろう。

「映茉さんの仕事を責めるつもりはないの。私だって、できれば仕事を続けたかった。だから、もしあなたが中途半端な気持ちで祐駕と一緒になったのなら、申し訳ないけれど、私はやっぱりこの結婚に納得できないわ」

お義母さんの言葉に、私は奥歯を噛んで黙った。

弁解したい気持ちはあるけれど、口に出すことができない。今でこそ私たちは互いに想い合っているけれど、始まりはそうではなかった。祐駕さんが日本に戻ってきたのだから、これから先のこともきちんと考えなければいけないのに、それも宙ぶらりんにしたままだ。

黙っていると、お義母さんは再び口を開いた。

「それに、年末年始もあなた、日本にいたんでしょう？　外交官は、とくにヨーロッパでは、年末年始はレセプションが多いのよ。結婚したのにパートナーのいないレセプションなんて、祐駕がどんな目で見られたか」

紡ぎながら、お義母さんはため息をこぼす。

「仕事も外交官の妻もどちらもなんて、私はやっぱり無理だと思うの。映茉さん、酷なこと言うようだけれど、祐駕と離婚する気はない？　お披露目もしていないことだし、今ならまだ……」

「離婚は、したくないです」

あの日、想いを通わせたからなお、離婚などしたくない。今、私の未来は、祐駕さんと共にある。

「じゃあ、お仕事を辞める気はない？」

「それは……」

辞めます――。

そう、すぐに言えればよかったのだけれど、言えなかった。駅員の仕事は好きだ。それに、祐駕さんが『すごい』と言ってくれた、ドイツで環境大臣にも褒められた、私の誇りなのだ。

言いよどんでいると、お義母さんはそんな私を見てため息を漏らした。

「祐駕の相手は、あなた以外にもいるの。祐駕を好きならあなたはどうすべきか。外交官の妻としての役割を、もう一度ちゃんと考えてほしいと、私は思っているわ」

お義母さんはそう言うと、部屋から去っていった。

離婚か、仕事を辞めるか。祐駕さんが帰ってくるまで、私はずっとそのことが頭の中をぐるぐると回っていた。

「ただいま」

午後九時前。祐駕さんが帰ってくる。私は用意していた夕飯を温めながら、リビングに荷物を置く祐駕さんをぼうっと見ていた。

「今日、誰か来てたのか?」

「え?」

「これ。リビングに置いてあった」

祐駕さんは湯呑みをふたつ、キッチンに持ってきた。しまった。あれからずっと考えっぱなしで、下げるのをすっかり忘れていた。

慌てて祐駕さんから湯呑みを受け取り、お義母さんが来ていたことを伝えた。

「なにか言われたのか?」

途端に祐駕さんは険しい顔をする。

「はい。仕事を辞めるか離婚するか、考えなさい、と」

「母さん……」

祐駕さんのつぶやきには怒りがこもっている。

「それから、ヨーロッパの年末年始は、レセプションも多いと聞きました。一緒にいられなくて、本当にごめんなさい」

眉をひそめてそう言うと、祐駕さんは眉間に寄せていた皺をいっそう深くする。そして、静かに言った。

「それは、映茉には関係ないだろう」

「関係なくないです！」

思わず、大声を出してしまった。

「祐駕さんの未来は、私の未来でもあると思うんです。なのに、関係ないとか……言わないでくださいよ」

言いながら涙があふれそうになって、慌てて下唇を噛んでこらえる。語尾が小さくなってしまったけれど、なんとかそう言いきると、祐駕さんはいつもの優しい笑みを私に向けた。

「ありがとう、気持ちは嬉しい。でも俺は、この結婚で映茉に負担をかけたくないんだ」

私を思いやっての言葉なのだと、理解はできる。だけど、その言葉はまるで、私がいてもいなくても同じだというように聞こえてしまった。

「負担ってなんですか？　私たち、夫婦なんですよね？　なのに……」

思わず、口からそうこぼれ落ちた。言ってから、はっとした。祐駕さんの顔が、徐々に悲しそうに歪んでゆく。

「……悪い。先に風呂に入る」

祐駕さんはそう言うと、部屋を出ていく。私はそんな祐駕さんに合わせる顔がなくて、早々に布団に潜った。

翌日になっても、祐駕さんとはぎくしゃくしたままだった。朝、言葉少なに互いに家を出て、仕事に向かった。気持ちを切り替えて業務に挑んでいたつもりだけれど、気がつくと祐駕さんのことばかりをぐるぐると考えていた。

余計なことを言ってしまった。謝ればいいのだろうけれど、どうやって伝えたらいいかわからない。祐駕さんは優しいから、きっと『気にしなくていい』と言うだろう。だけど、それではなんの解決にもならない。

それに加えて、祐駕さんのお母さんに言われたことも尾を引いていた。

離婚か、仕事を辞めるか——。

彼との未来を考えることができないなら、覚悟がないのも同じこと。だとすれば、私がすべき選択は〝離婚〟なのかもしれない。

駅員室でため息をこぼし、それではダメだと、目の前のパソコン画面に集中する。すると、不意に駅長に声をかけられた。

「持月さん」

「なんでしょう？」

慌てて背筋を正し、駅長を振り向く。

「実は持月さんに、任せたい仕事があるんだけど」

駅長は私の隣にやって来ると、手にしていたタブレット端末を私に見せてきた。

「え、これ……」

向けられた端末の画面にあったのは、【新型特急車両のお披露目並びに世界環境大臣による視察について】の文字だ。

「この車両、うちの駅から出発するんだけどね。持月さん、この車両の運行合図出す仕事、やってもらえないかな？」

新型特急車両とはこの春――四月から運行を開始する、〝水素電車〟のこと。その車両のお披露目に、世界各国から大臣クラスの方々がいらっしゃるらしい。その出発合図を、まさか私に任せてもらえるなんて。

「そんな責任重大な任務、私でいいんですか？」

「持月さんだから、お願いしているんだ。運行管理も勤務状況も素晴らしいし、いざという時の対応力もある。総合的に鑑みた結果、持月さんがふさわしいと思ったんだけれど、どうだろう？」

そう言う駅長の顔は、ぜひにと言わんばかりに微笑んでいる。私の仕事ぶりを評価してくれた、駅長の期待に応えたい。

「ぜひ、やらせてください」

私はそう、駅長に返した。


午後七時、今日の勤務を終えた私は駅舎から宿舎に向かう道を、とぼとぼと歩いていた。すると、後ろから肩を叩かれる。

「よ、〝持月〟。お疲れさま」

志前君だ。彼には祐駕さんの帰国日に醜態をさらし、告白されてしまった。しかし、今も以前と変わらず仲よくしてくれている。

彼には後日きちんと謝り、私がいろいろと勘違いしていたこと、ちゃんと幸せであることを話した。すると彼は『お前が幸せなら、俺はそれでいい』と言ってくれて、以前と変わらない関係でいたいとも話してくれた。そしてその日から、彼は私を『持月』と呼ぶようにもなった。

「お疲れさま」

私がそう言うと、志前君はじっと私の目を覗き込む。

「駅長に、『持月さんに大仕事を任せた』って聞いたんだけど」

「え……、あ！」

大仕事を任されたことを忘れていたわけではないが、それ以上に祐駕さんとうまくいっていないことがこたえているらしい。私は頭を切り替えて、駅長に言われたことを志前君に伝えた。

「ね、すごいでしょ？　緊張しちゃうなあ、こんな大仕事」

笑顔を浮かべて、言ってみる。しかし、志前君はそんな私を見て、ため息をこぼした。

「そのわりに、どうしたんだよ、その顔」

「え？」

「全然嬉しそうじゃない。なんかあったのか？」

鋭い視線を向けられて、白状するしかなくなる。どうやら、彼に隠し事はできないらしい。私は苦笑いを浮かべた。

「ちょっと、旦那とごたごたしちゃって」

「は？」

志前君は声まで鋭くなる。ちらりと見上げた彼は、怪訝《けげん》そうな顔をしていた。

「なに言ってんだよ。人前で堂々と『愛している』って宣言してたじゃねーか、あの人」

志前君の声が険しくなる。私は慌てて口を開いた。

「愛を感じてないわけじゃないの！　十分すぎるくらいもらってる。でも……覚悟がなかったなって、気づかされることがあって」

「覚悟？」

語尾になるにつれ声が弱々しくなる私に、彼は聞き返してきた。

「うん。祐駕さんの――外交官の妻になる、覚悟。やっぱり、外交官の妻って旦那さんを支える、大変なポジションなんだよね。彼との未来をきちんと考えてなかった私には、そんな覚悟なかったんだなって」

続ける私の言葉に、志前君の眉間の皺が多くなる。

「祐駕さんのお母さんに、言われたの。仕事を続けているうちは、外交官の妻にはふさわしくないって。海外に行ったり、国の代表者として国交に挑む場面で、そばにいて支えてあげられる人こそ、外交官の妻にふさわしいんだって。それって、つまり仕事を辞めて外交官の彼を支える覚悟が必要だってことでしょ。それで私、すぐにこの仕事を辞めるって言えたらよかったんだけど――」

「……言えなかったんだな」

幾分柔らかくなった彼の声にこくりと頷く。すると、志前君が続けて口を開いた。

「持月はそれだけ、駅員の仕事を大事に思ってるんだろ？　なんでそれを伝えなかったんだよ」

彼は立ち止まり、私の顔を真剣な目で見つめてくる。

「仕事を続けたいなら、離婚してほしいって言われたの。彼との未来を考えられていない今、だったら私のするべき選択は、離婚なのかもしれないなって――」

「お前はそうやって、また自分を犠牲にすんのか？」

遮るように紡がれた志前君の言葉に、体がぴくりと震えた。

「なんだよ、外交官の妻としての役割って。好きって気持ちは、嘘じゃないんだろ？なのに離婚するって、おかしいだろ」

「おかしくなんてないよ。私は、どうするのが一番いいか考えて――」

「苦しいくせに、悔しいくせに。お前はそうやって、いつも自分を犠牲にしてるんだよ。試験に遅れて車掌になれなかったのだって、それが理由だろ。少しくらい、自分を優先しろよ。自分の幸せを、夢を、優先しろよ」

志前君の声は徐々にヒートアップしていく。そして。

「お前が本当にしたいこと、なんなんだよ！」

強められた彼の言葉に、ガツンと脳みそを叩かれたような衝撃を受けた。

「私が、本当にしたいこと……」

言われた言葉を、口の中で繰り返す。私が今、本当にしたいこと。それは——。

「〝幸せな家庭〟を築くんだろ！　俺の前で、そう宣言したろ！」

そうだ、私は〝幸せな家庭〟を築きたいんだ。

「仕事も辞めたくないなら、それでいいじゃねーか。なんで相手の母親に言われただけで片方だけって諦めてんだよ。旦那も仕事も好きなんだろ。だったら、どっちもできるだろ」

でも——。

言いかけて、のみ込んだ。私はなにもしないまま、諦めようとしていた。やれることはやってみないと。まずは、祐駕さんとちゃんと話したい。私の想いを。気持ちを。

そして、彼との未来のことを——。

「ありがとう、志前君」

私はそう告げると、急いで帰らなくてはと彼に背を向ける。

「幸せになれよ、絶対」

背後で志前君がなにかつぶやいたようだったけれど、私には聞こえなかった。

「祐駕さん！」

帰宅し玄関を入ると、私は慌てて彼の名を呼んだ。玄関に、彼の靴があったのだ。

祐駕さんはキッチンの方から玄関へ飛んでくる。彼はエプロンをしていた。

「昨日はごめんなさい」

私は祐駕さんに、ぺこりと頭を下げた。

「いや、俺も悪かった。映茉の気持ちを考えずに、全部負担だと思い込んで自分の考えを押しつけてしまった」

頭を上げると、申し訳なさそうに眉をひそめる祐駕さんと目が合った。

「私、ちゃんと話したいです。祐駕さんとの、幸せな未来のこと」

そう言うと、祐駕さんは安堵したような笑みをこちらに向けた。

「夕飯を作ったから、ダイニングで待っている」

手を洗いダイニングへ向かうと、祐駕さんはテーブルの上に懐かしいものを並べてくれた。

「これ、ライベクーヘンですか？」

「ああ。こっちは、シャンピニョンだ。思い出のものをふたりで食べて、仲直りできたらと思ったんだ」

祐駕さんは言いながら頬を染める。そんなところも、愛しいと思う。愛されていないわけじゃない。むしろ私が思っている以上に、彼は私に愛情を注いでくれているのだ。心がぽかぽかと温かくなって、私はさっそく席に着き、祐駕さんの作ってくれたクリスマスマーケットの味を堪能した。

そして、食後。祐駕さんがミュンヘンで買ってくれた、お揃いのカップでホットワインを飲んでいると、彼が口を開いた。

「俺が日本に戻ってきたのは、本格的に人道支援の仕事を始めるためなんだ」

そう紡ぐ彼の口調は優しい。

「今後は国際機関と協力しながら支援の橋渡しをするのが主な仕事になる予定だが、もしかしたら安全とは言いきれない国に行くこともある。だからこそ、今後も映茉には気負わずにいてほしいと思って、昨夜あんな言葉を投げてしまった」

祐駕さんが申し訳なさそうな顔をして、私の顔を覗き込んでくる。

「それに、映茉は駅員の仕事が好きだろう？　だから、ぜひ続けてほしいと思ってるんだ。母さんがまたなにか言ってきても、気にしなくていい。俺たちは俺たちのやり方があるし、今の時代女性が仕事で活躍するのも――」

「そのことなんですけど！」

祐駕さんの言葉を遮った。私の想いを伝えるには、今が一番いいと思った。

「私、仕事は続けたいですし、祐駕さんのそばにもいたいと思っています。昨日の祐駕さんの言葉が優しさなんだっていうのもわかってました。私が祐駕さんのそばにいたいっていうのと同じように、祐駕さんもそう思ってくれてるんだって、わかってます」

そこまで言うと、祐駕さんの眉がごめんとこちらに伝えるように、いっそうひそめられる。謝られているようで、落ち着かない。だから私は、大丈夫ですというように微笑んだ。

「でも、私、祐駕さんのお母さんとぎくしゃくしたままなのも嫌なんです。だから、仕事も結婚もどちらも大切なんだって、認めてもらえないかなって、思ってます」

そこまで言うと、祐駕さんは目を見開く。私は意を決して、切り出した。

「私、今度職場のイベントで、大仕事を任されたんです。その様子を、祐駕さんのお母さんに見ていただけるよう、頼んでいただけませんか？」

私がいかに仕事を大切にしているか、誇りを持っているかを見てもらえれば、お義母さんにきっとわかってもらえると思ったのだ。

「映茉……」

祐駕さんは私の名をつぶやく。そして。

「ありがとうな。もちろんだ、頼んでみるよ」

まるで私を愛でるみたいに、とびっきりの優しい笑みをくれた。

「どんな仕事なんだ？」

「水素で走る新型特急車両のお披露目の、車両の運行合図を出す仕事です」

私がそう言うと、祐駕さんは目を瞬かせた。

「本当か？　その電車、俺も乗車予定だ」

「え？」

「世界の環境大臣が来日されるイベントだろう？　ドイツでやって来た環境関係の仕事の残り業務で、日本のホストとして乗車予定なんだ」

「本当ですか？」

嬉しくて、思わず聞き返してしまう。重要な任務をするのに、大切な人がそばにいてくれるというのはとても心強い。なおさら頑張らなければと、強い想いが湧いてくる。

「ああ。それから、エミリアも来日すると思う」

祐駕さんの口からおまけのように紡がれた彼女の名に、ちょっとだけ胸が騒いだ。

「エミリアは今、日本観光局のドイツ事務所にいるんだ。彼女、ずっと映茉に会いたがっていてな。挨拶くらい、してやってほしい」

「あ……、はい、もちろんです！」

慌てて笑顔を浮かべて、そう答える。

「母さんにも、伝えておく。当日、よろしくな」

「こちらこそ、よろしくお願いします」

私たちは互いに笑みを浮かべ合い、食べ終わった食器を片づけに立ち上がった。どちらともなく唇が重なって、胸に幸せが広がる。

どうして彼と離婚すべきだなどと思ってしまったのだろう。私はこんなにも、彼と離れたくないと思っているのに。

彼との未来のために、私は当日、全力で仕事に挑もうと心に誓った。

7　仕事と事件と夫婦の絆

時は過ぎ、桜の咲く穏やかな陽気の今日。世界環境大臣による視察の日を迎えた。

「持月、おはよう」

宿舎の前で、駅員の制服に着替えた私の肩を、後ろからやって来た志前君が叩いた。

「わあ、かっこいい！」

振り返り、そこに立っていた志前君を見て思わず声が漏れた。彼は、特急車両の運転士にのみ着用が許された、オフホワイトのジャケットと制帽を身に着けていたのだ。よく似合っている。夢を叶えて前進する志前君は、まるでレールの上を進む特急電車のようだ。

「すごいなあ、志前君」

思わずそう口にすると、彼はほんのり頬を染め、だけど複雑そうに微笑んだ。

「ごめん」

私が謝ると、志前君は自嘲するように笑った。

「でも、本当に奇跡みたい。今日のイベントの運転士が、志前君なんて」

「俺も、運命に遊ばれてる感じがする」

志前君が唇を尖らせる。

「まさかこんな大舞台で、好きな奴の合図で運転するなんてな」

彼はわざとらしくため息をこぼした。

「ごめんね。私、志前君の気持ちには応えられないけど、でも志前君の気持ちが嬉しくなかったわけじゃないから」

慌ててそう言うと、志前君はにかっと笑った。

「持月が旦那とラブラブだってことは、わかってっから安心しろ」

そう言われ、今度は私の頬が熱くなる。そんな私に向かって、志前君は急に姿勢を正し、きりっと敬礼をした。

「本日はどうぞよろしくお願いします、持月主任駅員！」

だから私も、笑顔で敬礼を返した。

「了解です、志前運転士！」

今日の朝明台駅は、お祭りとばかりにがやがやしている。おかげで私も、気持ちが焦っていた。

通常の業務に加えて、世界各国の環境大臣が訪れるための準備をする。テロ対策のために、まずはゴミ箱の撤去やコインロッカーの使用禁止などの対応に追われた。それが終わると、今度はホームに記念式典用の台を設置した。六番線まである朝明台駅の、普段は使われていない真ん中の三番四番線ホーム。報道陣も朝明台駅にやって来るので、そこを貸し切りにしている。

昼過ぎになると、駅構内には警察官や警備員が増えていた。新型特急の出発は、この後午後三時。大臣たちは午後一番で車両基地にて新型特急の見学をした後、車で二時半頃にこの朝明台駅に移動してきて、記念式典が行われる予定だ。

午後二時前になると、駅のホームには報道陣が詰めかけていた。安全のため、三番四番線ホームには報道陣と関係者以外は入れないようになっている。それでも詰めかけた報道陣の数に、この新型車両がいかに世間に注目されているのかを思い知った。

そわそわしながら、時計を確認する。すると、駅員室から私宛に、耳に着けたインカムから連絡が入った。

『持月さん、お客様です』

慌てて駅の改札口に向かう。祐駕さんのお母さんが立っていた。祐駕さんが、今日のこと、そして私の想いを、お義母さんに話してくれていたのだ。

「こんにちは、映茉さん」

「本日は、よろしくお願いいたします」

藤色のスーツは品があり、その立ち姿はとても美しい。思わず肩に力が入るけれど、こんなところで緊張している場合ではない。

「ご案内いたします」

私はお義母さんに【関係者】と書かれたネームタグを手渡して、三番四番線ホームへと彼女をご案内した。

ホームに戻り、お義母さんに用意した椅子に座ってもらう。駅の様子や今日の行程を説明していると、新型車両の到着時間が迫ってくる。自由にしていてもらってかまわないと話し、私はその場を離れた。

時計を確認し、いつもの位置に立つ。ホームの端から端まで映るモニターで安全確認をしていると、朝明駅前の線路のセンサーが反応しアナウンスが流れた。

「間もなく、三番線に電車が参ります――」

もうすぐ、新型車両がやって来る。私は車両が安全にホームへ入線できるように集中した。モニターに、ホームの端を歩いているカメラマンが映る。

「電車が参ります。黄色の点字ブロックの内側までお下がりください」

私のアナウンスの声を聞き、慌てたようにホーム内側に戻るカメラマンを見届け、よし、と指さし確認をする。

するとその直後に、水色のボディが格好いい、新型特急車両がホームにやって来た。運転席には、もちろん志前君が乗っている。それが停止位置ぴったりに止まると、運転台から志前君が降りてきた。午後二時十五分。さすが、予定時刻ぴったりだ。彼やほかの乗務員さんたちとも挨拶を交わし、今日の朝明台駅一番のイベントに備えた。

もうすぐ、祐駕さんもここに来る。お義母さんも見ている。そう思うと、少し緊張するけれど、任された仕事をきちんとこなせば大丈夫なはず。春のうららかな、新型特急車両のお披露目にぴったりの陽気の中、私は気持ちをしゃんとさせるため、一度大きく深呼吸をした。

その時だった。

――ガッシャーン！

駅舎の横、大臣たちの乗る公用車が止まる予定のロータリーの方で、クラッシュ音が響いた。

ホーム内が、騒然となる。するとすぐ、ホームにいた報道陣が一斉に音のした方へ急ごうとした。駅前ロータリーとホームの間には壁があり、ホームからではなにが起きたのかわからないのだ。

報道陣たちは階段へ、我先にと駆け出す。だけど、改札階には一般客もいる。なにより、この全員が一斉に階段を駆け上ったら危ない。

私は慌てて階段の方へ向かった。誰よりも先に階段の上に立ち、先へ行こうとする報道陣たちを止めるために、声を張り上げた。

「皆様、落ち着いてください！　階段は駆け上ると危険です。この場で、お待ちください」

「なに言ってんだ、大きなニュースだろ絶対に！」

「ここ一番の特大ネタになるかもしれないんだぞ！」

報道陣たちから不満の声が飛ぶ。それでも、私は声を張る。

「ニュースのネタよりも、皆様の安全の方が大事です！　このホームの外には、一般の方も多くいらっしゃいます。誰かがけがをするかもしれない、命を落とすかもしれない。でしたら私は、メディアの皆様をここから上に上げることはできません。情報が入るまで、こちらでしばらくお待ちください」

冷静に、確実に。胸にいるのは、祐駕さんだった。大好きな彼がいいと、すごいと言ってくれた鉄道員としての使命を、私は果たさなきゃ！

するとと報道陣をかき分けて、こちらに来ようとしている志前君が見えた。彼も報道陣を止めようと、口を開く。

「皆様はこちらでお待ちください。状況がわかり次第、すぐに皆様にお伝えいたします。また、危険ですので線路には絶対に下りないでください」

ほかの乗務員も協力してくれて、なんとか必死に報道陣たちを止めた。その間にも、駅の外では警察車両や救急車のサイレンが鳴り響いている。階段の上の警察官たちの配置が代わっているのも目撃した。なにか、大きな事件があったことは間違いない。

しばらくして警備員たちが駆けつけ、報道陣の行動が収まってくる。私は祐篤さんのお母さんを捜した。すると、志前君が隣にやって来る。

「なにか情報、入ってるか？」

つけていたインカムを耳に押し当てるけれど、なにも聞こえない。首を横に振ると、志前君は少し顔を歪めた。

「旦那さん、巻き込まれたりとか――」

言いかけた言葉を、志前君はのみ込んだ。私が、目を見開いてしまったからだと思う。

「悪い。でも、きっとあの人なら大丈夫だ」

そう言う彼に「そうだよね」と頷いたけれど、私にはもうひとつ不安があった。祐駕さんのお母さんも、きっと不安なはずだ。すると報道陣の向こうに、心配そうな顔をした藤色の彼女を見つける。私は志前君に断って、彼女のもとに駆け寄った。

「なにがあったの？」

「まだ、わかりません。でも、祐駕さんの身になにもないとも言えません」

私の言葉に、お義母さんが青ざめる。その時だった。

『持月さん、聞こえる？』

インカムから駅長の声がする。

「はい」

応答すると、駅長は慌てた声で私に告げた。

『到着した公用車にトラックが突っ込む事故があった。乗っていた全員は降りていて、トラック運転手以外は無事だそうだ』

ほっとして、そのことをお義母さんに伝えようとした。しかし、駅長の声は続く。

『式典も出発も予定通りにおこなう予定だが、現場が混乱している。臨機応変に対応できるよう、英語が話せる君に、大臣たちの案内を任せたい』

私は周りを見回した。私がやり取りをしていることに気づいた報道陣が、こちらに鋭い視線を向けている。

それに気づいたらしい志前君がこちらに飛んできた。手短に状況を説明すると、彼は私ににかっと笑った。

「大丈夫だ。ホームのことは俺に任せろ」

「でも——」

「舐めんな。俺だって駅員時代があるんだから」

志前君に笑顔とグーサインを向けられ、私は「はい!」とインカムに向かって返事をする。

「この方もお連れした方がいいんじゃないか? 息子さんのこと、心配だろうから」

志前君にそう言われ、私はお義母さんと共に改札階へと急いだ。

改札を出て、駅舎の階段を急いで下りていく。駅前のロータリーは、悲惨な事故現場と化しており、その光景にお義母さんは足を止めてしまった。黒塗りの高級車に横から突っ込むようにトラックが止まっていて、その近くから救急隊員がトラックの運転手と思わしき人物を運んでいる。

「ゆっくりで、大丈夫ですからね」

お義母さんにそう声をかけると、私は急いで階段を駆け下りた。視線の先に、祐駕さんが見えたのだ。彼はこちらに背を向け、駅舎の階段の下にいる大臣たちに、駅長の言葉を通訳していた。だが、次から次へと対応に追われている。ふたりで一役は大変そうだ。

「駅長！」

叫ぶと、駅長はほっとした顔でこちらを振り返る。

「伝えてほしいことはインカムで伝えるから。とにかく、今は状況説明を順にしてほしい」

「はい」

私が頷くと、駅長は階段を上っていった。

大臣たちの方を振り返る。駅長からバトンタッチした私に、皆の注目が集まっていた。

どうしよう、責任重大だ……。

緊張で鼓動が早くなり、思わず足がひるむ。だけどその時、私を呼ぶ、誰かの朗らかな声がした。

《ミセス・モチヅキ！》

この声の主は――。

《フリートベルクさん？》

笑顔で私を歓迎する、ドイツ環境大臣のフリートベルクさんがいた。

《彼女がいれば、もう安心だ》

フリートベルクさんが英語でそんなことを言うから、周りの人たちの顔にも笑顔が浮かぶ。祐駕さんもこちらを振り向いて、優しい笑みを浮かべてくれた。

《ここからは、私が皆様をご案内いたします》

毅然として言うと、大臣たちは安堵したような表情を浮かべる。それで、幾分ほっとした。しかし、インカムから聞こえてきたのはまだホーム上が混乱しているという駅長の声だった。テロの可能性がないわけではないと、ホーム上を一度、警察官が調べることが決まったそうだ。

目の前でこちらに向けられた、大臣たちの期待の眼差《まなざ》しに、私はどうしようと頭がこんがらがる。駅前は警察やら救急やら野次馬やらでガヤガヤしているはずなのに、なにも聞こえないくらいに必死に頭を巡らせた。

なにを言えばいい？　どうすればいい？

必死に考えるけれど、なにも思い浮かばず冷や汗が背中を伝う。

「映茉」

半ばパニックになる私の名を、祐駕さんの優しい声が呼んでくれた。

「大丈夫だ。英語が伝わらない人には、俺が個別に対応する」

ぽんと肩に手を置かれる。振り向くと、祐駕さんが優しく微笑んでいた。

「俺たちも、中の様子を知りたいんだ。ゆっくりでいい。説明してくれるか？」

その視線は、まるで「大丈夫だ」と言っているよう。

そうだ、私がパニックになっても仕方ない。大丈夫。いつも通り、丁寧に、ゆっくりと。

私は一度深呼吸をして、それから言葉を紡ぎ出した。

《ただ今駅構内は混乱しております。こちらは一般の方は入れないように規制しておりますので、皆様もうしばらくこちらでお待ちください。申し訳ございません》

そう言いきり、インカムから聞こえてくる詳細を英語で紡ぐ。すると、大臣たちはそれぞれ皆ほっとしたような顔を見せた。その様子に安堵し、私は祐駕さんの方を向く。

「ありがとうございました。祐駕さんのおかげです」

「俺はなにもしていない」

祐駕さんはそう言ったけれど、力をくれたのは間違いなく彼だ。もう一度お礼を伝えると、祐駕さんは笑顔とともに、私の肩をぽんと、ねぎらうように軽く叩いてくれた。

それから祐駕さんは、個別に状況を聞きに来る大臣たちに対応する私の横で、英語以外の言語で対応してくれた。それでも間延びしてしまうと、待っていただいている大臣たちの表情が曇っていくのを感じた。

今、この場の責任者は私だ。どうしたらいいのだろう。彼らの表情を見回しながら途方に暮れていると、不意に大臣たちの後方にいた祐駕さんのお母さんと目が合う。こちらを試すような視線に、余計に体が硬直した。すると、個別対応を終えたらしい祐駕さんが、わざとらしく大きな声で私に話しかけてきた。

《駅員の持月さん》

英語だ。目を瞬かせて彼を見ると、優しく微笑まれた。

《朝明台駅は、どのくらいの人が利用しているんですか?》

祐駕さんはどうやら、大臣たちの注目を集めようとしてくれているらしい。

《一日の利用人数は――》

私は英語で答えながら、朝明台駅の主要駅としての役割と、駅員としての責務を話す。祐駕さんがインタビュー形式にしてくれるので、話しやすい。大臣たちもこちらに耳を傾け、時折質問を飛ばしてくれるほどだ。

フリートベルクさんも、《さすが日本の駅員だ》と褒めてくれる。大臣たちの後方で、祐駕さんのお母さんが微笑んでいるのも見えた。

だけど、さすがなのは祐駕さんだ。私を巻き込み、大臣たちをなごやかな空気にしてくれる。外交官さんらしいその姿は、とても頼もしい。私は質問を続けてくれる祐駕さんの笑みに、感謝の気持ちでいっぱいだった。

やがて、GO《ゴー》サインが出る。私は祐駕さんに目くばせをして、大臣たちの前で口を開いた。

《お待たせして申し訳ございません。皆様を安全にお迎えする準備が整いましたので、ご案内いたします》

ゆっくりと駅舎を上る。警察官たちに囲まれ、物々しい雰囲気が漂う大臣たち一行と私。そんな中でも、フリートベルクさんは楽しそうに私の横を歩いていた。

《ユウガと息ぴったり。さすが、おしどり夫婦だねえ》

わざわざ英語でそんなことを言われて、嬉しくないわけがない。思わず頬がにやけてしまうけれど、今は業務中だ。気を引き締め、けれどにこやかに階段を上る。

《ユウガの母上がいたでしょ？　だから、〝素敵な奥さんで、ユウガがうらやましい〟と、つい、伝えてしまったよ》

フリートベルクさんの声に、思わず目を瞬かせる。彼はにかっと笑っていた。

その後、無事に式典が行われることになり、私は大臣たち全員をホームまで案内した。それから、ひとけの少ない先頭車両の方へやって来た。私は式典の間、ここで待機する手はずだ。すると、祐駕さんのお母さんがやって来て、私に声をかけた。

「あなた、式典には参加しないの？」

「はい。私は、出発合図の最終確認などもありますので」

「そう。少しだけ、いいかしら？」

私が頷くと、彼女は少しだけ申し訳なさそうな顔をした。

「この間のこと、謝るわ。あなたの今日の駅員としての素晴らしい対応を見て、反省したの。申し訳なかったわね」

思わぬ言葉に、私は目を瞬かせた。

「使命感を持ってお仕事をなさっているのに、祐駕のために辞めてほしいだなんて、私が仕事を辞めてしまった悔しさをあなたにぶつけているだけだった」

「お義母さん……」

思わずつぶやくと、彼女は目の前で口角を上げる。祐駕さんのものに似た、優しい笑顔だ。

「あなたと祐駕がお似合いだと、ドイツの環境大臣にまで言われてしまったわ。だけど、私も本当にそう思った。それに、映茉さんは映茉さんなりに、外交官の妻としての役割も果たしているんだって、彼の話を聞いてわかったの。だから、お仕事をやめてほしいと言ったこと、取り消させてちょうだい」

祐駕さんのお母さんはそう言って、私に軽く頭を下げた。嬉しくて、涙があふれそうになる。

「ありがとう、ございます……」

なんとかそうつぶやくと、祐駕さんのお母さんはもう一度私に優しく微笑んで、去っていった。

私は彼女の後ろ姿が見えなくなると、よし、と気持ちを新たに、水素電車の先頭車両へ向かった。運転士に、今日のミッションの挨拶をするためだ。

「志前君」

彼はもう運転室に乗り込んでいて、出発の時を待っていた。声をかけると、志前君はすぐに窓を開けてくれた。

「お、持月。対応、終わったんだな」

「うん」

そう返すと、志前君はにかっと微笑む。

「なんだか嬉しそうだな。いいこと、あったのか?」

「褒められた」

「それはお前の対応がよかったからだろ。さすが、駅員の鑑《かがみ》だな」

「ありがとう」

屈託のない笑みが、無性に嬉しい。

「志前君も本当にありがとう。運転前で気を張ってるはずなのに、あんなに動いてくれて」

「おう。駅員時代の知識、総動員だったわ!」

志前君はそう言って笑う。だけど、彼の本業はここからだ。だから、私は精いっぱいのエールを送る。

「頑張ってね」

「ああ。持月に負けないように、頑張らねえとな」

互いに敬礼を向け合っていると、志前君に視線で背後を示される。振り返ると、祐駕さんが立っていた。

「映茉、先ほどはお疲れさま。助かった」

「いえ、こちらこそありがとうございました」

祐駕さんにも敬礼を向けると、彼は優しく微笑んだ。

「もうすぐ出発ですけど、乗らなくていいんですか？」

「警察の聴取があって、俺はこの電車には乗らなくなったんだ」

「そうなんですね」

そんな話をしていると、祐駕さんの後ろからひょっこりと小柄な女性が現れた。

「私もよ」

流暢な日本語を話す、ブロンドの髪の女性だ。

「エミリアさん……」

間違いない、彼女だ。そう思っていると、彼女は目を見開く。

「私のこと、覚えていてくれたのね！」

エミリアさんはそう言いながら、私に微笑んだ。

「さっきの駅下での対応も、素晴らしかったわ。夫婦で揃ってあんなふうに対応できるなんて――」

エミリアさんの言葉は、少々棘がある気がする。そう感じてしまい、苦笑いがこぼれた。祐駕さんが説明してくれたのだから、もう大丈夫なはずだ。それなのに、こんなふうに感じてしまうのは、きっと私の独占欲だ。それほど私は、祐駕さんのことを好きになってしまっているらしい。

　複雑な気持ちで苦笑いをこぼしていると、祐駕さんが「しゃべりすぎだ」とエミリアさんを止めてくれた。

「映茉が困っているだろう。彼女は、これからまだ仕事があるんだから」

「そうね、ごめんなさい」

　祐駕さんに止められたエミリアさんは、先頭車両を撮影するためなのかホームの先端の方へ行ってしまった。

「出発合図、頑張ってな」

　エミリアさんの登場で胸が少しざわついたけれど、祐駕さんの言葉は私に勇気をくれる。私は駅員としての職務を、まっとうしよう。自分に喝を入れながら、いつもの〝私の場所〟へと向かった。


　午後三時十四分、発車三十秒前。ホーム上の安全確認をし、車掌へ合図を送る。車掌がドアを閉めたのを確認し、再度安全確認をする。

「異常なし」

発車、五秒前。最近ではあまり出番のない、出発合図用のホイッスルを鳴らした。同時に右腕を伸ばし、前に突き出す。これが、新型特急車両の、出発の合図だ。特急車両が、ゆっくりと動きだす。聞こえてくるのは、たくさんのカメラがシャッターを切る音だ。

予定より十五分の遅れで、新型特急車両は無事、朝明台駅から出発した。

走り去る特急車両を見送っていると、春の優しい風がふわりとホーム上を駆けていった。私はいつものように、線路上に、信号に、ホームに異常がないか指さし確認をする。

「異常なし」

大きな仕事を終えた安堵と、トラブルはあったものの乗り越えられた誇らしさに、涙がこみ上げてくる。だけど、まだ仕事は残っている。ホーム上の報道陣たちが安全に去っていくのを見届けなければならない。

顔を上げると、駅長がやって来た。私の肩に、ぽんと手を置いてくれる。

「お疲れさま。さすがだったよ、持月さん」

「いえ、周りの皆さんが、助けてくれたおかげです」

必死に涙をこらえて言うと、駅長は優しい笑みを浮かべた。

「僕も、いつも優秀な持月さんに助けられているよ。これからも、よろしく」

「はい！」

誰もいなくなった三番四番線ホーム。片づけの資材を改札階に運びながら、私はこの駅で働く駅員であることを、やっぱり誇りに思った。


仕事を終えて宿舎へ戻り、着替えを済ませる。ふとスマホを見ると、祐駕さんからメッセージが入っていた。

【仕事、お疲れさま。こちらは警察の事情聴取を終えて直帰になった。駅前のカフェで待っている】

祐駕さんからのねぎらいの言葉。そして、すぐに祐駕さんに会えるという嬉しさ。お義母さんのことも、報告したい。うきうきしながら、私は駅前のカフェへ向かった。だけど、私はカフェに入ったところで立ちすくんだ。祐駕さんと同じ席に、エミリアさんが座っていたのだ。祐駕さんは私に気がつき、「映茉」と手を上げた。

祐駕さんとエミリアさんはそういう関係じゃない。そう思うけれど、内に秘めていた独占欲があふれ出し、私は引きつった笑みを浮かべることしかできない。逃げ出したい衝動を抑え、私はふたりの席へと近づいた。

ドクドクとうるさい心臓を押さえつけるように胸に手を当て、ふたりのもとに座る。

すると、エミリアさんが突然私の方に身を乗り出してきた。

「エマさん！　あなた、ユウガにちゃんと愛を伝えてもらってる？」

思わずのけぞり、目を見開く。祐駕さんはエミリアさんの肩を文字通り押し込めて、椅子に座り直させていた。

「いきなりそんなことを聞いたら、映茉が驚くだろう」

「ユウガがはぐらかすからじゃない！」

エミリアさんは祐駕さんを睨む。

「エマさんに言えたら、私にも言ってくれるって約束したのに！」

「だから、できないと言っているだろう」

怒るエミリアさんと、あきれる祐駕さん。いったいなにが起こっているのだろう。

「あの、えっと――」

口を挟むと、ふたりは突然こちらをはっと振り向く。

「すまない」

祐駕さんがそう言うと、すぐにエミリアさんが口を開いた。

「ユウガったらひどいのよ。私、ユウガに『アイシテル』って言ってほしいって頼んだの。なのに、全然言ってくれないの」

「え……」

やっぱり、エミリアさんは祐駕さんを好きなのだろうか。そういえば、ドイツのパーティーの時にもエミリアさんがわざわざ日本語で『アイシテル』と言っていたことを思い出す。突然胸を襲った不安と、それを堂々とこちらに宣言するエミリアさんの態度に、心臓の音がより大きく、早くなった。

するとそんな私の目の前で、祐駕さんは大きすぎるため息をこぼした。

「その言い方では語弊があるだろう、エミリア。『言ってほしい』ではなくて、『動画に声を当ててほしい』だ」

「あ、そう！　それ！」

エミリアさんは無邪気に笑う。それでますます訳がわからなくて、私は首をかしげた。

「日本語、やっぱり難しいわね」

そう言いながら、エミリアさんはスマホを取り出した。見せられた画面に、映っていたのは――。

「これ、二年くらい前に日本で流行ってたアニメのキャラクターですか？」

だがどう見ても、それは三次元のイケメンだった。

「そう。でもね、これ、私なの」

「え⁉」

驚いたが、言われてみると、鼻の高さとくりくりした目元は、確かに目の前のエミリアさんに似ている。これはつまり、エミリアさんは本人が推しキャラクターになりきる〝男装コスプレイヤー〟ということだ。

エミリアさんは楽しそうに画面をスワイプして、そのキャラクターの様々なコスプレを見せてくれる。その中に動画があった。キャラクターに扮したエミリアさんの動く口元と共に聞こえてきたのは、どう聞いても、祐駕さんの声だった。はっと祐駕さんを見ると、彼は再び大きなため息をこぼした。

「こうやって、時折エミリアのお遊びに付き合わされているんだ」

祐駕さんの言葉と態度にほっと安堵していると、今度はエミリアさんが怒ったような口調になる。

「でもね、愛の言葉はエマさん以外の人には言えないって頑《かたく》なに断ってくるのよ。だから、もしかしたらユウガ、愛の言葉をエマさんにすら伝えてないんじゃないかって思ったの」

「つ、伝えてもらってますから！」

急に顔が火照り出し、思わず口早に伝えると、エミリアさんは「まあ」と顔をほころばせた。

「つまり、ユウガはただのケチ——違った、愛妻家ってことね！」

エミリアさんはふふっと笑いながら、「安心したわ」とこぼす。エミリアさんは、日本語がとてもお上手だ。

「だが、不思議だ」

祐駕さんが口を開く。彼の方を向くと、優しく細められた瞳と目が合った。

「映茉には、自然に紡ぎたくなるんだから」

え……？　突然漂い始めた、甘い空気に動揺していると——。

「愛している、映茉」

優しい笑みとともに、突然彼の口から愛の言葉が紡がれる。思わぬタイミングでの愛の言葉に、心臓がドクドクと早まった。

「キャーっ！」

エミリアさんが叫ぶように声を上げるから、それで私はますます顔が熱くなる。もう、沸騰しそうだ。

「ユウガ、もう一回！」

「ダメだ」

「もう一回言ってよ！」

「ダメだと言っているだろう」

無邪気にはしゃぐエミリアさんと、嫌そうに返事をする祐駕さん。そんなおかしな光景に、私は思わず笑ってしまった。

エミリアさんは、素敵な人だ。最初にあんな印象を持ってしまったことを、申し訳なく思う。

そこで、私はふと思い出した。初めてエミリアさんと出会った時、彼女は私を品定めするように眺め、それから勝ち誇ったかのように私を笑っていたのだ。あれは、なぜ？

「エミリアさんって、私のこと敵視してませんでした？　私、エミリアさんが祐駕さんを好きなのかもしれないって、ずっと思って――」

「え!?」

エミリアさんは声を上げた。

「私がユウガを好きだなんて、ありえないわ！　むしろ、ユウガが結婚したって聞いて、一番大喜びしていたくらいよ」

「確かに、あの時のエミリアはうるさかったな」

祐駕さんがぼそりとこぼす。するとすぐ、エミリアさんは目を見開き、それから顔をしかめた。

「私、もしかしてどこかで失礼な態度を取ってしまったのかしら？　行動が突飛だってよくユウガに言われるから、それでなにか勘違いさせてしまったのかもしれないわね。教えてくれる？」

エミリアさんは申し訳なさそうに聞いてくる。だから私は、正直に伝えることにした。

「初めてカフェでお会いした時に、私のことを見た後に、なんていうか、その……笑われてしまった気がして」

「え？　あ！　ああああ！」

エミリアさんは急に顔を真っ赤にして、両手で覆ってしまった。けれど、ふう、と息をつくと、まだ赤い頬のまま、私の顔を見た。

「あの時ね、あまりにも私の推しの恋人にあなたが似ていたから……、さすがユウガの奥さんだって、つい興奮して、にやけてしまったのよ！」

エミリアさんは言い終わると、恥ずかしいと言わんばかりに再び両手で顔を覆ってしまった。しかし、私の口は思わずぽかんと開く。つまり、エミリアさんは私がアニメのキャラクターに似ていると思っただけ、ということだ。

「それで勘違いさせてしまったのね！　笑ったわけじゃないの！　興奮を抑えるのに必死だったの。もう、それでユウガにも怪訝な顔されるし」

エミリアさんは恥ずかしがりながら、はぁ、とため息をこぼした。

「だって、全然似てないだろう」

祐駕さんの言葉に、エミリアさんは私の顔をじっと見る。それから、小さくこぼした。

「似てると思うんだけどなあ」

そこで、ふと思い出す。

「じゃあ、もしかしてエミリアさんがレセプションの時に、《アイシテル》とかそういう会話をしていたのも、アニメの――」

「そう！　レセプションの前日に見た回は、もう盛り上がる展開で素晴らしくって！しかも、珍しくユウガも食いついてくるし」

エミリアさんがそこまで言うと、祐駕さんの顔が赤くなっていることに気づいた。

「あの時、俺はなぜか恋愛アニメの話に興味を持ったんだ。まさか、自分が映茉に恋焦がれているからだなんて、思いもしなかったが」

胸につかえていた黒いなにかが、綺麗に溶けていく。

「なんだ、そういうことだったんだ……」

思わずそうこぼすと、エミリアさんがニコっと私に微笑んだ。

「ともあれ、誤解が解けてよかったわ」

「いえ、私の方こそ勝手に勘違いしてごめんなさい」

ぺこりと頭を下げると、エミリアさんに右手を差し出される。私がその手を握ると、エミリアさんは満面の笑みを浮かべながら、その手をぶんぶんと上下に振った。

それから、神奈川県西部にある歴史あるホテルにフリートベルクさんと泊まるのだというエミリアさんと共に、私と祐駕さんは駅舎に戻った。エミリアさんは電車の切符を買っている。その間、私と祐駕さんは券売機の後方で彼女を待っていた。

「そういえば、エミリアさんはあの電車に乗らなくて本当によかったんですか？　祐駕さんも」

そう聞くと、祐駕さんが口を開いた。

「ああ。俺とエミリアがあの事故の時、一番近くにいたからな。テロの可能性を考えて、警察に協力することが最優先だと考えた」

するとと、切符を買い終わったエミリアさんもこちらにやって来て口を開く。

「あれは、心臓が飛び出るかと思ったわ」

「結局、あの事故はトラックの運転手の意識混濁とブレーキ踏み間違いが原因で、事件性はないそうだ。ともあれ、こういう時の交通規制はもっと厳しくした方がいいと思った」

祐駕さんは突然真面目な顔になり、そう言った。そんなところも、祐駕さんらしいと思う。

「それにね、そもそも私はあの電車に乗る予定じゃなかったのよ」

エミリアさんは急に顔をしかめ、深いため息をこぼした。

「私、プレス側だったの。なのに、パパが無理やりあの電車に乗れるように手配しちゃったのよ。娘がひとりじゃ心配だ、とか言って」

エミリアさんは「過保護すぎるでしょ?」と唇を尖らせる。

「そういう訳だから、なにも問題はない。それに、映茉と過ごす時間が増えて、俺は嬉しい」

「私も、エマさんとお話しできてとても嬉しかったわ!」

ふたりに微笑まれ、なんだかんだでよかったのかなと思えた。

やがてエミリアさんは改札を入り、私たちに手を振って去っていった。そんな彼女を見送りながら、私たちはさりげなく、そっと、互いに手をつないだ。

「そうだ、すっかり忘れるところでした」

エミリアさんの姿が見えなくなったところで、私は思い出した。祐駕さんに、お義母さんのことを話さなくては。

「どうした？」

祐駕さんがこちらを振り向く。

「あの、私、大臣の皆さんをホームに送った後、祐駕さんのお母さんとお話ししたんです」

そう言うと、祐駕さんは私に優しく微笑んだ。

「ああ、母さんに聞いた。映茉の仕事ぶりを、とても褒めていた。それに、よほど感動したみたいで、駅長にまでなにか話していたよ。映茉の、上司だろう？」

そこまで思ってくれていたなんて、嬉しいけれど少し恥ずかしい。照れくささから思わず頬が熱くなり、つないだ手から体温が伝わってしまいそうで、離そうとした。だけど、祐駕さんはそんな私の手を強く握り、ふっと優しく笑った。

「映茉が頑張っているから、だろう。駅員の仕事は、映茉の天職なのかもしれないな」

　そんなに褒められたら、もうどうしていいかわからない。胸の中が急に沸騰して、熱いものがこみ上げてくる。内心もだえていると、駅の運行情報を示すモニターが特別中継に切り替わった。映っているのは、先ほど朝明台駅を出発した、私が発車合図を送った、あの特急車両だ。思わずそちらを見ると、無事目的地に着いた電車の運転台から出てきた志前君が、大臣たちと握手を交わしていた。

「すごいですよね、志前君。出発は十五分も遅れたのに、到着時刻はほぼ予定通りですって」

　照れているのを隠したくて、必死に話題を変えようとそう言いながら、祐駕さんを見上げる。すると途端に、祐駕さんは不機嫌そうに眉を寄せた。

「ほかの男を褒めるのは、禁止だ。とくにアイツは」

　思わず目を見開く。

「俺は案外、独占欲が強いらしい」

　祐駕さんの言葉は、照れくさい。だけど、先ほどみたいに自分が褒められているわけじゃないから、愛されているのだと伝わってくるから、私の頬はニマニマと緩んでしまう。私たちは多分、似た者同士なのだ。

「これから先、永遠に、私の愛する夫は祐駕さんだけですよ」

そう言いながら、背伸びをして祐駕さんの頬にキスをした。祐駕さんは目を瞬かせたけれど、すぐに優しい笑みを私に向け、つないだ手にぎゅっと力を込めてくれた。

「それは、俺も同じだ。愛している、映茉」

祐駕さんと再会した朝明台の駅舎で聞く、彼から私だけに向けられた愛の言葉は、とびきり甘く響く。だから私も、返したくなる。

「愛しています、祐駕さん」

夕日が窓から差し込む朝明台駅で、私たちはしばらく見つめ合っていた。

エピローグ　永遠の愛と、未来への誓い

梅雨前の、からっと晴れた六月上旬。私と祐駕さんは、たくさんの人たちの祝福を受け、結婚式を挙げた。

横浜山手の海からの風が、ガーデンウェディングの私たちを爽やかに包む。外交官の家で挙げる、外交官の彼とのウェディング。これから私は彼と共に人生を歩むのだと改めて実感が湧き、思わず涙がこみ上げた。

「——愛し抜くことを誓いますか？」

神父さんの言葉に、「はい」と答える祐駕さん。そのテールコート姿は、凛としていて格好いい。もちろん私も、心を込めて「はい」と答えた。

誓いのキスを胸に刻み、同時に幸せがあふれる。この幸せを、ふたりの永遠にしたいと思う。

ふと視線を巡らせると、父の遺影を掲げた母が号泣している。祐駕さんのご両親も、優しく微笑んでいる。後ろの方では、志前君が目を真っ赤にしているのも見えた。

みんなが、祝福してくれている。それが、最初は申し訳なかったけれど、今はとて

も嬉しい。それは、この愛が〝演技〟じゃなくて〝本物〟だからだ。

その後、大川電鉄の謎の団結力を発揮した渾身の出し物で大いに沸いた披露宴を終え、祐駕さんとふたり、そのホテルのスイートルームにやって来た。

窓の外に広がるみなとみらいの夜景を眺めていると、婚姻届けを提出したあの日を思い出した。あの日も、今と同じ景色を同じように見ながら、ふたりきりでホテルの部屋にいた。だけど、祐駕さんとはなにも起こらなくて、勝手に落胆して、だから努力なんだと勘違いして——。

思い出したら、笑いがこみ上げる。勝手に落ち込んで、愛を確かめ合うまで、長いようで短かったなと、つい感慨に耽ってしまう。

いろいろなことがあった。けれど、今はどれも大切な思い出。今日の幸せを迎えるための、道のりだったのだと思える。

「どうした?」

不意に、祐駕さんが私を後ろからぎゅっと包んだ。あの日と同じだと思い出し、思わずふふっと笑みが漏れた。

「なんでもないです」

そう言いながら、私はあの日と同じように、祐駕さんの腕に手を置いた。すると祐駕さんは、私の耳たぶにキスを落とす。ドキドキするのは変わらないけれど、あの時と違うのは、愛を感じているということだ。愛を感じるから、ニンマリと頬が緩んでしまう。

「隠し事はなしだ」

窓ガラスに映った祐駕さんと目が合う。見られていたことに気づいて慌てて頬を引き上げたけれど、むにっとつままれてしまった。

「『なんでもない』ということはないだろう。かわいい笑みが漏れていた」

彼を不安にさせてはいけない。それ以上に、幸せがこみ上げてくる。だから、私は白状することにした。

「婚姻届けを出した日と一緒だな、と、ふと思い出したんです」

そう言うと、祐駕さんの顔が急に歪んだ。と思ったら、今度は急に祐駕さんの顔が赤くなる。それから彼は、私の肩口にぽすっと顔をうずめた。

「あの夜は忘れてほしい。恥ずかしすぎる」

「え、なんでですか？」

恥ずかしくなるようなくだりはあっただろうか。むしろ、スマートすぎると思っていたくらいだ。

「贈ったネックレスを着けた映茉が魅力的すぎて、思わず抱きしめてしまった。そのまま触れてしまいたい衝動を抑えて、映茉に無理やりシャワーを勧めたんだ」

「え⁉」

勢いよく振り返ると、祐駕さんは耳まで真っ赤に染めている。思わず目を見開いた。彼のこんな姿は、初めて見た。

ふふっと笑みを漏らしながら、私の肩口に頭を預け続ける祐駕さんの腕をきゅっと握っていたが、しばらくして彼は頭を上げた。その顔のほてりは、もう収まっている。なんだか寂しいと思ってしまったが、次の瞬間、彼は私に不敵に笑いかけた。

「だが、もう結婚式も済ませたし、今夜はいいよな？　映茉に、触れたい」

彼からの、甘いお誘い。胸がときめき、同時にドキドキと高鳴った。

「はい」

今度は私が赤くなりながら、こくりと頷く。すると、祐駕さんは私を抱きしめていた腕を解き、代わりに顎を持ち上げた。

たっぷりと、甘いキスの嵐が降ってくる。それだけで、胸に幸せがあふれ、頭がしびれて、理性が剥がれてゆく。やがて視界がぼやけ、立っているのもままならなくなると、祐駕さんは私の体を持ち上げる。すっと抱き上げられ、お姫様抱っこでベッドまで運ばれた。

そっとベッドに下ろされ、服が取り去られる。すると、祐駕さんは私の鎖骨をつうっと撫でた。身をよじると、彼の唇が私の胸元を這い、私の鎖骨に吸いついてきて、あっという間に赤い花びらのような痕を残す。

漏れてしまった恥ずかしい声も全部奪うように、祐駕さんはもう一度私の唇にたっぷりと口づける。

互いに幸せに満たされながら、私たちは〝幸せな夫婦〟の時間をたっぷりと堪能した。

祐駕さんが私の髪を撫でている。情事の後の幸せな気怠さに微睡《まどろ》んでいると、祐駕さんは優しくふっと笑った。

「どうしたんですか？」

「いや、幸せだなと思ったんだ」

彼の表情から、手つきから、それが心からの言葉なのだと伝わってくる。

そして、そんな思いが伝わってきたことで、私たちは心を通わせた夫婦になれたのだろうと、不意に思った。

「私たち、〝おしどり夫婦〟ですよね。きっと、もう」

満たされた気持ちでそう言うと、祐駕さんは私の唇を一度、優しく塞いだ。

「ああ、きっとそうなんだと思う。これから先も、ずっとそうでありたい」

祐駕さんの言葉に、涙がこぼれそうになる。

「映茉は〝幸せな家庭〟を築きたいと、〝おしどり夫婦〟になりたいと、そう言っていたが……、それは、今は俺も同意だ。こんなに、満たされるものなのだとは思わなかった」

祐駕さんの口から紡がれる言葉が全部嬉しくて、私は彼の腕にすり寄った。

始まりは、愛なんてなかった。だけど今、愛は確実にここにある。だから私たちは、こんなに幸せを感じていられるのだ。

「私も、これから先も、ずっと祐駕さんと、〝おしどり夫婦〟でいたいです」

そう言うと、祐駕さんがとびきりの優しい笑顔を向けてくれる。そんな愛しい彼の唇に、私は拙《つたな》いキスをした。するとそれがいつしか、深いキスに変わる。

愛のなかった結婚が、愛にあふれるものに変わった。私たちの人生も、これからまた変わることがあるかもしれない。

だけど、この愛だけは変えたくない。だから私は、この〝家族の幸せ〟を守れるように頑張ろう。

彼からの止まらないキスに酔いしれながら、私はそう、心に誓った。

【終】

特別書き下ろし番外編

私たちの築く〝幸せな家庭〟

「わー、かっこいいーっ！」

朝明台駅の五番線ホーム。普段は特急車両しか止まらないこのホームにやって来た電車を見て、三歳になったばかりの息子、凰汰《こうた》が言った。この電車は朝明台駅発の、特別観光車両。最近導入されたばかりの新車両で、ここから神奈川県の西部、箱根まで私たちを運んでくれる、リゾート電車だ。

結婚式から約半年後、私のおなかに新しい命がやって来ると、立ち仕事の多い駅員業務を続けることは難しくなってしまった。仕事を続けたい気持ちはもちろんあったが、新しい家族を迎えるという大きな人生のイベントを前に、祐駕さんと話し合い、私は仕事を辞める決断をした。

凰汰が生まれ、祐駕さんと初めての育児に挑みながら過ごす毎日。凰汰が大きくなっていくにつれ、幸せはどんどん膨れ上がり、私の思い描いていた〝幸せな家庭〟を築けているのだと実感している。

そして、入籍してから六度目の秋のこと。大川電鉄の水素電車が豪華な観光列車として運行を開始したというニュースを聞くと、電車好きな凰汰が乗りたいと騒ぎだし、せっかくだからと予約を取って、乗りに来た。

それには、祐駕さんが来年の初めに海外に赴任することが決まったことも関係している。祐駕さんの夢を叶えるために、彼と一緒にいたいと思った私は、海外についていくことを決めた。もちろん、凰汰も一緒だ。海外での生活が長くなりそうなので、発つ前にひとつでも多く日本での思い出をつくりたいと、時間ができればいろいろなところに出かけているのだ。

今日、私たちが乗るのは、この特別観光車両の中でも最高ランクの席。ほかの電車の運転台と同じ眺望が楽しめる、先頭車両の一番前の、個室になった場所だ。この観光列車の運転台は、今から私たちが乗る座席の上の部分についている。運転台を二階につけることで、乗客もまるで運転士のように、その電車の進行方向の景色を楽しむことができるのだ。

赤いボディに絢爛な金色の塗装が施されたこの車両は、見ているだけでもワクワクする。

「おんなじだー！」

凰汰は先ほど祐駕さんに買ってもらったその車両のミニカーを手に、現物と見比べにこにこしている。祐駕さんはそんな凰汰に目線を合わせるようにしゃがみ、頭を撫でていた。

するとと、不意に先頭車両のドアが開き、中から運転士が出てきた。オフホワイトのジャケットと制帽は特急車両の運転士の証だが、この特別車両の乗務員はそれに加えて車両の模様と同じデザインのネクタイをしている。

「本日はご予約いただき、ありがとうございます。私たちが安全で安心、そして心地よい列車の旅をお約束します」

制帽を取り、礼儀正しく頭を下げる人物。先頭車両の個室はＶＩＰ扱いだからこういうのがあるとは聞いていたが、それ以上に私はそこにいた人物に目を瞬かせた。

「志前君……！」

「久しぶりだな。旦那さんも、お久しぶりです」

志前君はそう言って私に笑みを向け、同じ笑みを祐駕さんと凰汰にも向けた。

「ママ、うんてんしさんとおともだち？」

凰汰が目を輝かせて私を見上げる。

「うん、そうだよ。昔、おんなじお仕事してたの」

「ママ、うんてんしさんだったの？」

「ううん、私は駅員だったよ」

そう言うと、志前君が凰汰の前にしゃがみ、胸ポケットから取り出した列車のシールを手渡した。

「駅員さんには駅員さんの、大切な役割があるんだ。君のお母さんは、とてもかっこいい駅員さんだったんだよ」

彼の言葉が照れくさい。まだ目をキラキラと輝かせる凰汰にニコリと笑いかけ、志前君は立ち上がった。

「ここから先は、乗務員の添田《そえだ》がご案内いたします」

志前君がそう言うと、彼の後ろにいた女性の乗務員がこちらにニコリと笑って頭を下げる。それを見届けると、志前君はもう一度頭を下げて電車に乗り込んだ。

「ママ、うんてんだい、みたい！」

「それは無理じゃないかな、凰汰」

私たちの会話を聞いていたのか、志前君が電車を降りてきた。開いているドアからは、普段は天井に収納されているらしい運転台への階段が現れているのが見えた。

「少しだけ、見てみるか？」

「いいの？」

いった。

「ああ。おいで、僕」

私の問いに笑って答え、志前君は凰汰を抱きかかえると、そのまま階段を上って

いった。

「彼が今日の運転士だと、知っていたのか？」

隣にやって来た祐駕さんが言う。

「いえ。この特別車両の運転士になってたことも知らなかったです」

私たちはホームから階段を見上げる。運転台の方から、凰汰の楽しそうな声が聞こ

えてきた。

「なんだか、夢を叶えてどんどん進む志前君や、世界平和に向けてお仕事している祐

駕さんを見ていると、私も夢に向かって頑張らないといけないなと、改めて感じまし

た」

そう言いながら、祐駕さんに視線を向ける。優しい笑みと目が合った。

「映茉の夢は、〝幸せな家庭〟を築いて、〝おしどり夫婦〟になることだろう？　もう

十分なくらい、頑張っていると思うけれど」

祐駕さんの言葉はくすぐったい。あまりにも照れくさすぎて思わずうつむくと、祐

駕さんのキスがこめかみに落ちてくる。

「少なくとも、俺はとても幸せだ」

耳元で囁かれる。恥ずかしいけれど、嬉しい。私は言葉で返すことはできなくて、だけどこの気持ちを伝えたくて、祐駕さんの手をきゅっと握った。

やがて電車に乗り込む。座席に座り、豪華な個室に凰汰とはしゃいでいると、ゆっくりと電車が朝明台駅を出発した。

「わあ、すごい！　うんてんしさんみたい！」

先頭車両の先端はテーブルになっており、その先には進行方向に大パノラマが広がる。この電車が線路の上を走っているのが、目の前でわかる。凰汰は大興奮して、テーブルに手をつき食い入るように流れてゆく景色に見入っていた。

運転席からの眺めは、かつて私が憧れた景色だ。だけど、今はそれよりも、凰汰や祐駕さんの笑顔を見ていたいと思う。

「あれはなあに？」

「電車の信号だな。黄色がふたつあるんだ、おもしろいな」

「あ、せんろがふたつになってるよ！」

「あれはポイントというらしい」

そんな会話を繰り広げるふたりの様子を、そっとスマホを構えて写真に収めた。

しばらくすると、乗務員の添田さんがやって来て、記念品とお弁当を渡してくれた。大川電鉄の限定キーホルダーを凰汰は気に入って握りしめる。

私と祐駕さんは、それぞれ重箱のような絢爛なお弁当を頂いた。

やがて、目の前に富士山が見えてくる。線路沿いに植えられた、色づいた紅葉の葉が舞う、美しい景色が広がる。

思わず見とれていると、隣でカシャッというシャッター音がした。振り向くと、祐駕さんがスマホのカメラをこちらに向けていた。凰汰は私の膝の上で、まだ景色に夢中になっている。

「撮りました?」

「ああ。かわいい顔をしていた」

「もう……」

さらりとそう言ってのける祐駕さんは、ズルい。結婚して何年も経つのに、祐駕さんのスマートなところは、昔から変わらない。思わずうつむくと、目を輝かせて電車の行く先を見守る我が子がいた。

「俺は、なんでも映茉に伝えると決めているからな。それに、映茉だってさっき、俺らのこと撮っていただろう」

幸せな光景を切り取っていたいというのは、どうやら私も彼も同じらしい。そのことに気づいて、お互いにクスクスと笑いが漏れた。

「ママ、パパ、なんでわらってるの？」

凰汰がこちらを振り返る。私たちは互いに目配せをして、また笑い合った。

「幸せなんだ。映茉と凰汰が、俺の隣にいてくれることが」

凰汰はよくわからないという顔をして、再び車窓に目を戻した。だけど、私の心はじわんと温かくなる。

「私も、祐駕さんがいてくれて、凰汰がいてくれて、それだけでとても幸せです」

言葉にするのは簡単なことだが、それを忘れてはいけないと、私も想いを口にする。すると、隣に座る祐駕さんはそっと私の髪を撫で、私に安らぎをくれた。

「でんしゃ、もうおしまいなの？」

終点の箱根に着くと、凰汰は何度も私にそう聞いてきた。

「そうだよ、もうバイバイなの」

「じゃあ、もういっかいのる！」

このやり取りを、私と凰汰は駅のホームで繰り返していた。手をつないでいないと、本気でもう一度乗り込んでしまいそうな勢いだ。

私の手を引っ張る凰汰を見かねて、祐駕さんが凰汰を抱き上げる。

「じゃあ、ここからはパパ電車だ」

「やったー!」

祐駕さんの提案に、凰汰はバンザイで答えた。すると、不意に電車の扉が開く。中から志前君やほかの乗務員さんが出てきて、こちらに会釈してくれた。

「あ、うんてんしさん!」

凰汰の声に、志前君だけがこちらにやって来た。

「うんてんしさんは、もういっかいのる?」

凰汰は絢爛なその電車を指さした。

「うん。この電車は折り返して、朝明台駅の方に戻るよ」

「じゃあぼく、うんてんしさんになる!」

凰汰がそう言って笑うと、志前君は「おう、待ってるぞ」と、凰汰の頭を撫でてくれた。それを見て、祐駕さんも笑っている。このスリーショットは、なかなか貴重だ。

スマホを取り出し、シャッターを切る。すると、志前君がこちらを振り向いた。

「家族写真、撮ろうか?」

「いいの？」

私が聞き返すと、志前君は白い手袋を外し、その手をこちらに差し出した。

「おう。ほら」

促されて、私は彼にスマホを手渡した。すると、志前君は私たちを、列車の先頭付近まで案内し、そこに立つよう指示した。

「それから、君にはこれを」

志前君はそう言うと、自分のかぶっていた制帽を凰汰にかぶせた。ぶかぶかだが、なんとなく似合っている気がする。

やがて撮ってもらった写真には、笑顔で映る私たちの背後に、絶妙な角度で豪華観光列車が写っていた。

「すごい、ありがとう」

「まあな。俺はこの電車のことを知り尽くしてるから、かっこいい角度までバッチリだ」

そう言う志前君は得意げで、彼はきっとなるべくして運転士になったのだなと、ふと思った。

「持月は、駅員の仕事にはもう戻らないのか？」

不意にそんなことを聞かれ、私はうん、と頷いた。

「実はね、来年には祐駕さんについて、海外に行くの。彼の夢を叶える、サポートをするんだ」

「そっか」

私の言葉に、志前君は少々複雑そうな顔をする。だけどすぐににかっと笑って、こちらを向いた。

「持月が幸せそうで、俺は嬉しい」

その笑みに、じわんと胸が温かくなる。

「頑張れよ」

「うん、志前君もね」

そう言うと、志前君は制帽のつばに手をかけ、こちらに軽く会釈して去っていった。

「なんの話をしていたんだ?」

凰汰を抱っこしている祐駕さんがそう言って、こちらにやって来る。どうやら、私たちの会話が終わるのを待っていてくれたらしい。昔は慌ててやって来て、強引に連れ帰られたこともあったのに。そんなことを思い出し、思わずクスリと笑みが漏れた。

「海外に行くことを伝えていました」

祐駕さんの方を向くと、彼は少しだけ困ったように眉を下げ、だけどそれから飛びきり優しい笑顔をくれた。

「ありがとうな、映茉」

「祐駕さんと一緒に世界を平和に導くことも、今の私の夢ですから」

すると、電車の発車アナウンスが流れる。

「ママ、でんしゃ、バイバイだ！」

凰汰が祐駕さんの腕の中で言い、動きだした電車に大きく手を振った。

私も電車を見送った。電車が去っていく音、吹き抜ける風、そのすべてが懐かしい。だけど、私はこの道を後悔はしていない。電車の去っていった線路を見下ろして、不意に祐駕さんと再会したあの日を思い出した。

私たちの人生は、鉄道のようにレールが敷かれているわけじゃない。安全運行を心がけたいけれど、そうじゃない時もある。だからこそ、ふたりで、家族で寄りそいあって、生きていくことが必要なんじゃないかと思う。

まだ見ぬ明日の景色は、一年後の景色は、十年後の景色はどうなっているだろう。

私も幸せで、家族も幸せで、世界が平和だったら、それ以上に嬉しいことはない。

「映茉、どうした？」

「明日もこの世界が平和だといいなと、思ってました」

振り向くと、祐駕さんは優しく微笑む。凰汰は祐駕さんの腕の中で、嬉しそうに電車のミニカーを眺めていた。

「俺が、そういう世界にする。だから――」

祐駕さんの左手が、下ろされていた私の右手とつながれた。

「――ずっと、そばにいてくれ」

「もちろんです」

手を引かれ、彼の方に寄ると、優しいキスが頬に降ってくる。恥ずかしくなったけれど、嬉しい。私ははにかみながら、彼に幸せな笑みを返した。

私たちは、これから先もずっと、〝おしどり夫婦〟だ。


【番外編・終】

あとがき

はじめまして、かっこいい乗り物とイケメン大好きな（！）朝永ゆうりです。

このたびは私のベリーズ文庫デビュー作をお手に取っていただき、誠にありがとうございます。

突然ですが、皆様に夢はありますか？

本作のヒロインは夢に破れ、それでも今の仕事に誇りを持っている駅員です。一方で、ヒーローは大きな夢を抱いています。

夢を叶えたり夢に向かってまっすぐ進む姿は、誰でもかっこいいものですよね。

さて、本作はコンテストの大賞受賞作です。ドイツに行ったことも、運転士も駅員も経験したこともない私ですが、《いつか行きたい大好きなドイツ》そして《鉄道大好き！》の好きパワーでなんとか書き上げました。

実は電子書籍にて書籍化をしたばかりで、いつかは紙の書籍も……と思っていたところの受賞でした。そしてひとつの〝夢〟である紙の書籍化を叶え、皆様にお届けできたのですから、人生なにがあるか本当にわからないですね。そしていまだに信じられない気持ちでいっぱいです。

ひとつの夢が叶えば、また次の夢へ。私も次の夢に向かって、特急電車のように駆けていきたいなと思う限りです。


最後になりましたが、麗しすぎる素敵なカバーイラストをお描きくださった篁ふみ様、この度は本当にありがとうございました。独占欲むき出しで映茉を捉える祐駕と、そんな彼に戸惑う映茉。ドキドキがこちらまで伝わってくるようなイラストに、もうため息が止まりません……。

そして、右も左もわからない私に優しくご教示くださり、たくさんのアドバイスをくださったご担当者様、本書を形にするためにご尽力くださった皆様に、心からお礼申し上げます。

私の活動を応援してくださる皆様にも、併せて感謝申し上げます。まだまだひよっこ作家ですが、読者の皆様に楽しんでいただけるよう、今後も励んでまいります。

そしてまたいつか、皆様に別の作品でもこうしてご挨拶できることを願って。

朝永《ともなが》ゆうり

朝永ゆうり先生への
ファンレターのあて先

〒104-0031
東京都中央区京橋1-3-1
八重洲口大栄ビル7F
スターツ出版株式会社　書籍編集部　気付

朝永ゆうり先生

本書へのご意見をお聞かせください

お買い上げいただき、ありがとうございます。
今後の編集の参考にさせていただきますので、
アンケートにお答えいただければ幸いです。

下記URLまたは二次元コードから
アンケートページへお入りください。
https://www.ozmall.co.jp/enquete/IndexTalkappi.aspx?id=2301

この物語はフィクションであり、
実在の人物・団体等には一切関係ありません。
本書の無断複写・転載を禁じます。

交際0日婚でクールな外交官の独占欲が
露わになって――激愛にはもう抗えない

2025年1月10日　初版第1刷発行

著　者　朝永ゆうり
©Yuuri Tomonaga 2025
発行人　菊地修一
デザイン　hive & co.,ltd.

校　正　株式会社文字工房燦光
発行所　スターツ出版株式会社
〒104-0031
東京都中央区京橋1-3-1　八重洲口大栄ビル7F
TEL　03-6202-0386（出版マーケティンググループ）
TEL　050-5538-5679（書店様向けご注文専用ダイヤル）
URL　https://starts-pub.jp/
印刷所　大日本印刷株式会社

Printed in Japan

乱丁・落丁などの不良品はお取替えいたします。
上記出版マーケティンググループまでお問い合わせください。
定価はカバーに記載されています。

ISBN 978-4-8137-1690-7　C0193

ベリーズ文庫 2025年1月発売

『ドSな年下御曹司が従順ワンコな仮面を被って迫ってきます～契約妻なのに、これ以上は溺愛致死量です!～』佐倉伊織《さくらいおり》・著

製薬会社で働く香乃子には秘密がある。それは、同じ課の後輩・御堂と極秘結婚していること！　彼は会社では従順な後輩を装っているけれど、家ではドSな旦那様。実は御曹司でもある彼はいつも余裕たっぷりに香乃子を翻弄し激愛を注いでくる。一見幸せな毎日だけど、この結婚にはある契約が絡んでいて…⁉

ISBN 978-4-8137-1684-6／定価836円（本体760円＋税10%）

『一途な海上自衛官は時を超えた最愛で初恋妻を離さない～100年越しの再愛～【自衛官シリーズ】』皐月《さつき》なおみ・著

小さなレストランで働く芽衣。そこで海上自衛官・晃輝と出会い、厳格な雰囲気ながら、なぜか居心地のいい彼に惹かれるが芽衣は過去の境遇から彼と距離を置くことを決意。しかし彼の限りない愛が溢れ出し…「俺のこの気持ちは一生変わらない」――芽衣の覚悟が決まった時、ふたりを固く結ぶ過去が明らかに…⁉

ISBN 978-4-8137-1685-3／定価836円（本体760円＋税10%）

『御曹司様、あなたの子ではありません!～双子がパパそっくりで隠し子になりませんでした～』伊月《いづき》ジュイ・著

双子のシングルマザーである楓は育児と仕事に一生懸命。子どもたちと海に出かけたある日、かつての恋人で許嫁だった皇樹と再会。彼の将来を思って内緒で産み育てていたのに――「相当あきらめが悪いけど、言わせてくれ。今も昔も愛しているのは君だけだ」と皇樹の一途な溺愛は加速するばかりで…⁉

ISBN 978-4-8137-1686-0／定価825円（本体750円＋税10%）

『お飾り妻は本日限りでお暇いたします～離婚するつもりが、気づけば愛されてました～』華藤《かとう》りえ・著

名家ながら没落の一途をたどる沙織の実家。ある日、ビジネスのため歴史ある家名が欲しいという大企業の社長・瑛士に一億円で「買われる」ことに。愛なき結婚が始まるも、お飾り妻としての生活にふと疑問を抱く。自立して一億円も返済しようとついに沙織は離婚を宣言！　するとなぜか彼の溺愛猛攻が始まって⁉

ISBN 978-4-8137-1687-7／定価825円（本体750円＋税10%）

『コワモテ御曹司の愛妻役は難しい～演技のはずが、旦那様の不器用な溺愛が溢れてます⁉～』冬野《とうの》まゆ・著

地味で真面目な会社員の紗奈。ある日、親友に頼まれ彼女に扮してお見合いに行くと相手の男に襲われそうに。助けてくれたのは、勤め先の御曹司・悠吾だった！紗奈の演技力を買った彼に、望まない縁談を避けるためにと契約妻を依頼され⁉見返りありの愛なき結婚が始まるも、次第に悠吾の熱情が露わになって…。

ISBN 978-4-8137-1688-4／定価836円（本体760円＋税10%）

ベリーズ文庫 2025年1月発売

『黒歴史な天才外科医と結婚なんて困ります！なのに、拒否権ナシで溺愛不可避!?』泉野《いずみの》あおい・著

大学で働く来実はある日、ボストンから帰国した幼なじみで外科医の修と再会する。過去の恋愛での苦い思い出がある来実は、元カレでもある修を避け続けるけれど、修は諦めないどころか、結婚宣言までしてきて…!?　彼の溺愛猛攻は止まらず、来実は再び修にとろとろに溶かされていき…！

ISBN 978-4-8137-1689-1／定価825円（本体750円＋税10%）

『交際0日婚でクールな外交官の独占欲が露わになって――激愛にはもう抗えない』朝永《ともなが》ゆうり・著

駅員として働く映茉はある日、仕事でトラブルに見舞われる。焦る映茉を助けてくれたのは、同じ高校に通っていて、今は外交官の祐駕だった。映茉に望まぬ縁談があることを知った祐駕は突然、それを断るための偽装結婚を提案してきて!?　夫婦のフリをしているはずが、祐駕の視線は徐々に熱を孕んでいき…!?

ISBN 978-4-8137-1690-7／定価825円（本体750円＋税10%）

『極上スパダリと溺愛婚～年下御曹司・冷酷副社長・執着ドクター編～【ベリーズ文庫溺愛アンソロジー】』

人気作家がお届けする〈極甘な結婚〉をテーマにした溺愛アンソロジー！　第1弾は「葉月りゅう×年下御曹司とのシークレットベビー」、「櫻御ゆあ×冷酷副社長の独占欲で囲われる契約結婚」、「宝月なごみ×執着ドクターとの再会愛」の3作を収録。スパダリの甘やかな独占欲に満たされる、極上ラブストーリー！

ISBN 978-4-8137-1691-4／定価814円（本体740円＋税10%）

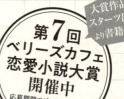

KEITAI
SHOUSETSU
BUNKO
野いちご SINCE 2009

白球と最後の夏 ～クローバーの約束～

2016年7月25日　初版第1刷発行

著　者　rila。

発行人　松島滋

デザイン　カバー　石塚麻美
フォーマット　黒門ビリー&フラミンゴスタジオ

D T P　株式会社エストール

発行所　スターツ出版株式会社
〒104-0031 東京都中央区京橋1-3-1　八重洲口大栄ビル7F
TEL 販売部03-6202-0386（ご注文等に関するお問い合わせ）
http://starts-pub.jp/

印刷所　共同印刷株式会社

Printed in Japan

ISBN 978-4-8137-0125-5　C0193

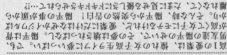